——————阅读之前 没有真相

午夜文库

—————— 绫辻行人作品集

绫辻行人 Ayatsuji Yukito (1960－)

日本推理文学标志性人物，新本格派掌门和旗手。

绫辻行人一九六〇年十二月二十三日出生于日本京都，毕业于名校京都大学教育系。在校期间加入了推理小说研究社团，社团的其他成员还包括法月纶太郎、我孙子武丸、小野不由美等，而创作了《十二国记》的小野不由美后来成了绫辻行人的妻子。

二十世纪八十年代是日本推理文学的大变革年代。极力主张"复兴本格"的大师岛田庄司曾多次来到京都大学进行演讲和指导，传播自己的创作理念。绫辻行人作为当时推理社团的骨干，深受岛田庄司的影响和启发，不遗余力地投入到新派本格小说的创作当中。

一九八七年，经过岛田庄司的引荐，绫辻行人发表了处女作《十角馆事件》。他的笔名"绫辻行人"是与岛田庄司商讨过后确定下来的，而作品中侦探的名字"岛田洁"来源于岛田庄司和他笔下的名侦探"御手洗洁"。以这部作品的发表为标志，日本推理文学进入了全新的"新本格时代"，而一九八七年也被称为"新本格元年"。

其后，绫辻行人陆续发表"馆系列"作品，截止到二〇一二年已经出版了九部。其中，《钟表馆事件》获得了第四十五届日本推理作家协会奖，《暗黑馆事件》则被誉为"新五大奇书"之一。"馆系列"奠定了绫辻行人宗师级地位，使其成为可以比肩江户川乱步、横沟正史、松本清张和岛田庄司的划时代推理作家。

绫辻行人“馆系列”作品年表

1987 《十角馆事件》

1988 《水车馆事件》

1988 《迷宫馆事件》

1989 《人偶馆事件》

1991 《钟表馆事件》

1992 《黑猫馆事件》

2004 《暗黑馆事件》

2006 《惊吓馆事件》

2012 《奇面馆事件》

绫辻行人作品集①

十角馆事件

[日]绫辻行人　著
龚群　译

新　星　出　版　社　NEW STAR PRESS

目录

1 **出版前言**

5 **作者序言**

7 序幕

13 第一章　第一天·岛

51 第二章　第一天·本土

79 第三章　第二天·岛

101 第四章　第二天·本土

121 第五章　第三天·岛

155 第六章　第三天·本土

163 第七章　第四天·岛

183 第八章　第四天·本土

201 第九章　第五天

251 第十章　第六天

267 第十一章　第七天

271 第十二章　第八天

301 尾声

出版前言

一九八七年，在日本推理文学史上是一个举足轻重的年份。在这一年，绫辻行人的“馆系列”登上舞台，改变了推理文学在这个东瀛岛国的发展方向，而这一改变的影响一直持续到了今天。

在“馆系列”之前，日本推理文学被一种叫作“社会派”的小说统治。这种类型的推理小说属于现实主义作品，淡化了谜团和侦探在故事里的作用，注重揭露人性的丑陋和社会的阴暗，和之前人们熟悉的“福尔摩斯式”推理小说大相径庭。

社会派推理小说的创始者是日本文学宗师松本清张，他在一九五七年出版的小说《点与线》是这类作品的发轫之作。小说诞生于日本经济飞速崛起之后，刻画了繁华背后日本社会隐藏的种种弊端和危机，因此引发了广大读者的强烈共鸣，一举取代了传统的“本格派”推理小说，统治日本文坛长达三十年。

在这段时间里，日本的每一部推理小说均或多或少地带有社会派痕迹；每一位创作者也都不同程度地受到了松本清张的影响。当时评论界有“清张魔咒”这样的说法，其统治力和影响力可见一斑。

随着时间的推进，新一代读者迅速成长。这些读者对于日本战后的情况缺乏起码的“感同身受”，导致社会派推理小说的读者群日渐萎缩；加之由于内容过于“写实”，导致作品出现“风俗化”趋势，进一步失去了读者的爱戴。

在八十年代初期，先后有几位创作者进行了尝试，主张推理小说回归本色，重拾“福尔摩斯式”的浪漫主义。其中，最具影响力的莫过于有“推理之神”之称的岛田庄司和他的代表作《占星术杀人魔法》。

八十年代末，在岛田庄司的指引和支持下，京都大学的推理社团高举“复兴本格”的大旗，涌现出一大批推理小说创作者，成为新式推理小说的发源地。这些创作者创作的小说被评论家称为“新本格派”，而其中成就最高、影响力最大的，莫过于绫辻行人和他的“馆系列”。

“馆系列”的灵感来源于绫辻行人的老师岛田庄司的作品《斜屋犯罪》，是当时非常典型的新本格式的“建筑推理”。所谓“建筑推理”，是指故事围绕一座建筑物展开，而这座建筑通常是宏大的、奢华的、病态的、附有某种机关或功能的、现实中绝对不可能存在的。这种超现实主义舞台赋予了谜团全新的生命力，使其更加具有冲击力。这种诞生于二十世纪八十年代的“二十一世纪”的推理，正是新本格派的存在价值和最高追求。值得一提的是，“馆系列”的主人公侦探名叫“岛田洁”。这个名字来自于“岛田庄司”和岛田庄司笔下的名侦探“御手洗洁”，也是绫辻行人以另一种方式在向老师致敬。

发表于一九八七年的《十角馆事件》是“馆系列”的第一部，截止到二〇一二年出版的《奇面馆事件》，这个系列总共出版了九部，并且还在继续创作当中。在这个系列里，绫辻行人运用了本格推理中几乎可以想到的所有手法，将“机关”渗透于故事的设置、陈述、误导、逆转、破解等各个层面。十角馆、水车馆、迷宫馆、人偶馆、钟表馆、黑猫馆、暗黑馆、惊吓馆、奇面馆……绫辻行人的“馆系列”犹如一部部悬疑大片，总能在故事被讲述到“山穷水尽”时，从不可能而又极其合理之处带给阅读者一次又一次震撼。

“馆系列”影响了当时所有从事推理创作的日本作家，直接鼓励了麻耶雄嵩、我孙子武丸、法月纶太郎、歌野晶午等一大批人走上了推理之路，其中也包括绫辻行人的夫人小野不由美。而其后京极夏彦、西泽保彦、森博嗣的出道，也和“馆系列”的启发密不可分，以至于这三位作家被评论界称为“新本格二期”。出道于二〇〇〇年以后的伊坂幸太郎、道尾秀介、东川笃哉、凑佳苗等新人，也都不同程度受到了“馆系列”的熏陶。二〇一二年获得直木大奖的女作家辻村深月更是为了向绫辻行人表达敬意，特意起了“辻村深月”这个笔名。如果说岛田庄司是当时第一个向“清张魔咒”发起挑战的作家，那么绫辻行人就是第一个击碎“清张魔咒”的推理作家。

之前中国内地曾有出版社引进、出版过“馆系列”，但一直没能出全；已出版的几册也因当时出版理念的影响，未能很好地展现这个系列的原貌，甚至出现了删改原版结局的情况。近几年，绫辻行人对“馆系列”做了修订，在日本讲谈社出版了新版，而中国读者还没有机会阅读这个版本，不能不说又是一大遗憾。

作为中国最大、最专业的推理小说出版平台，“午夜文库”经过不懈努力，在日本讲谈社总部及讲谈社北京公司的帮助下，终于有机会出版新版“馆系列”全套作品。“午夜文库”将采用全新译本和装帧，将最新、最完整、最精彩的“馆系列”呈现在读者面前。我们相信，作为已经经过时间验证、升华为经典的“馆系列”，一定会在“午夜文库”中占据重要而独特的位置，散发出永恒的光芒。

新星出版社

“午夜文库”编辑部

作者序言

亲爱的中国读者朋友们：

我以“绫辻行人”这个笔名出版《十角馆事件》一书是在一九八七年的秋天，距今已经超过四分之一个世纪了。自那时起，以“XX馆事件”为题、不断创作“馆系列”长篇小说便成了我的主要工作。到二〇一二年出版的《奇面馆事件》，这个系列已经出版了九部作品。我曾经说过要写出十部“馆系列”作品，距离这一目标也只剩下最后一部了。

在这一时间点，“馆系列”的中文新译版行将推出。旧译版只出到了第七部《暗黑馆事件》，这一次则将出版包括最新的《奇面馆事件》在内的全部作品。

跨越了国与国的界线、语言上的障碍以及文化上的差异，能在中国拥有这么多喜欢自己作品的读者，作为创作者来说，我在备感欣喜的同时，也感到了些许自豪。

“馆系列”作品着眼于“不可解的谜团与理论性的解谜”，属于通常意义上的“本格推理”小说。完成一部作品的方法有很多，除了重视这些着眼点以外，我一以贯之的目的，就是能写出具有“意外结局”的作品。当大家阅读到各个作品的结局时，如果能在“啊”的一声之后感到惊讶，对我来说就十分幸福了。

我听说，中国正不断地涌现志在从事本格推理创作的才俊。以“馆系列”为肇始的绫辻作品，如能对中国的推理创作事业的发展产生激励效果，那将是我无上的荣幸。

从《十角馆事件》到《奇面馆事件》，就请大家好好享受这段阅读“馆系列”九部作品的美好时光吧！

绫辻行人

二〇一三年三月

序　幕

深夜的大海，万籁俱寂。

一成不变的波浪声从漫无边际的夜色中传来，又消失在夜色中。

他独自一人坐在冰冷的水泥防波堤上，和巨大的黑夜对峙，嘴里不断呼出白气。

好几个月以来一直痛不欲生，好几个星期以来一直苦苦思索，好几天以来一直思考同一件事。如今，他的想法逐渐成形。

他已经制订好了计划。

万事俱备。

接下来，等待他们上钩即可。

然而，他压根不认为自己制订的计划万无一失。在某种意义上，与其说这个计划缜密，不如说太过草率。然而，从一开始他就没有打算制订出详细周密的计划。

无论怎样自寻烦恼，人就是人，不可能成为神。

幻想成为神并不难，但只要是人，无论是怎样一个天才，也不能十全十美。

既然不是神，要怎样才能把未来的现实——造成未来现实的人心、行动，或者偶然——计算得一清二楚呢？

就算把世界看成一个棋盘，把人比喻为棋盘上的棋子，也难免当局者迷。不管事先如何反复斟酌制订精密的计划，也不能预知什么时候在哪个细节上会发生怎样的偏差。这个世界上充满太多偶然，人心更是善变，自以为是的小聪明根本不可能行得通……

因此，在这种情况下，最理想的计划不是制约自己的行动，而是极具“柔软性”的随机应变——这是他得出的结论。

必须摒弃固定的思维模式。

重要的不是情节，而是架构，见机行事的柔软架构。

接下来，成功与否只能依靠自己的能力和手法，而最重要的还是运气。

（我知道——人不可能成为神。）

然而在另外一种意义上，他却打算把自己置身于神的地位上。

审判——对，审判。

他要在复仇的名义下，对他们——对所有人进行审判。

超越法律的审判。

他非常清楚自己并不是神，因此这样做是不被允许的。社会上把这种行为称为“犯罪”，事情败露后，被法律制裁的人是他自己。

虽然这是个常识，他却仍然无法压抑自己的感情——感情？不，不是那么草率的东西。绝对不是。

这种感觉不是单纯冲动的激情。

而是发自灵魂深处的呼喊，是他赖以为生的精神支柱，乃至生存的理由。

深夜的大海，万籁俱寂。

漆黑的大海上没有一丝星光，也没有一盏船灯。他把视线投向远方，在心里推敲计划。

准备阶段已到尾声。他们——罪孽深重的猎物们，很快就要进入圈套了。圈套是一个等边十角形。

他们将浑然不觉，没有任何疑惑与恐惧地来到这个十角形的圈套中接受制裁……

不消说，等待他们的是死亡。这是他们每个人应受的惩罚。

并且，不能让他们死得痛快。例如，用炸药一次性把所有人炸飞的办法虽然既便捷又可靠，却不应该使用。

必须一个一个地杀死他们。就像那个英国知名女作家构思的情节一样——一个接着一个让他们体会死亡的苦楚、悲伤、疼痛、恐惧[①]。

（我知道——无论怎样把自己的行为正当化，接下来的行为都绝对不是正常行为。）

他面对黑漆漆的大海，缓缓地摇了摇头。

塞在大衣口袋里的手有坚硬的触感。他握紧那个物体，从口袋里拿出来举至眼前。

是一个透明的绿色玻璃瓶。

瓶口紧盖的玻璃瓶中装着从他心里挤压出来的俗称良心的东西。里面有几张小纸片，上面用蝇头小字写着这次的行动计划。这是没有收信人的自白信。

（我知道。人不可能成为神。）

因此——正因为知道，才把最后的审判交托给非人的上天。

这个玻璃瓶将漂向何方并不是问题，但是，他想向大海——孕育万物生命的大海，最后问一次这样做究竟是对是错。

①这里指的是英国女作家阿加莎·克里斯蒂创作的经典作品《无人生还》。

起风了。

冰冷刺骨的寒风令人浑身发抖。

他缓缓地把瓶子扔进黑暗中。

第一章　第一天·岛

1

“尽管是老掉牙的论调，”说这句话的埃勒里是一名玉树临风的青年，“对我来说，推理小说是一个知性游戏，是小说这种形式中读者和名侦探之间，或者说读者和作者之间富有刺激性的逻辑游戏，除此之外什么都不是。因此，在日本风行一时的‘社会派’写实主义之流实在粗俗不堪。住在单身公寓的女白领被杀后，历经千辛万苦的刑警终于将情人上司缉拿归案——我很讨厌这类情节。贪污渎职啊，政界内幕啊，扭曲的现代社会所产生的悲剧啊，我也受不了。适合推理小说的题材，即使被批评落伍，还要数名侦探、大宅院、古怪的住户、鲜血淋漓的悲剧、不可能犯罪、石破天惊的诡计……虽然荒诞无稽，但是没关系，最重要的是在那个世界中找到游戏的乐趣。当然，是知性游戏的乐趣哦！”

周围是一望无际的大海。眼下这些人正坐在一艘发出汽油味、轰隆隆行进的渔船上。

“烦死了。”坐在船舷上的卡尔撇了撇嘴说。他歪着满是腮青、向上翘着的下巴，“我不喜欢你张嘴闭嘴全是‘知性’，埃勒里。你把推理定义为游戏未尝不可，但是不要动不动就扯上知性，我听得别扭。”

“没料到你会这样说。”

“这就是所谓的选民心理。并不是所有的读者都和你一样知性。”

“这倒也是。”埃勒里一本正经地直视对方，“我一直深以为憾。平时走在校园里也深切地感受到了这一点。就说我们的研究会吧，并不是每个人都很知性，也有南郭先生混在里面。”

“你想吵架？”

“怎么可能？”埃勒里耸了耸肩膀，“谁也没有针对你。并且，我所指的‘知性’是对游戏的态度，和人的聪明愚钝没有关系。这个世界上根本没有不具备知性的人，同样，也没有不知道游戏的人。我想说的是，是否具备相应精神知性地进行游戏。”

“哼。”卡尔不屑一顾地哼了一声，把头扭到一边。

埃勒里看着站在自己身边、戴着圆眼镜、满脸稚气的矮个男子，嘴边浮现出温和的笑容。

“勒鲁，如果把推理理解为成立于其独特的方法论上、为了知性游戏而存在的世界，那么推理将难以在我们生活的现代社会立足。”

“啊。”勒鲁不明所以地侧了一下头。

“这也是一个古老的议题了。废寝忘食工作的刑警、强有力的组织能力、最尖端的科学搜查技术……如今的警察绝非泛泛之辈，反而可以说能力太强而让人伤脑筋。现实问题在于，从前以灰色的脑细胞作为唯一武器的名侦探再也没有发挥才能的空间了。福尔摩斯假使出现在现代社会，引人注目的恐怕是他的滑稽搞笑吧。”

“言过其实。现代社会有现代社会的福尔摩斯吧。”

“对，当然。或许，他会带着最先进的法医学和鉴定知识登场，还要向可怜的华生解释半天，罗列出一大堆读者根本不可能明白的晦涩难懂的专业术语和公式。再清楚不过了，华生；你连这个都不懂吗，华生……”

埃勒里把手插在黄灰色的双排扣大衣口袋里，轻轻耸了耸肩。

“刚才举的是极端的例子，但是我要表达的就是这种意思。毫无情调的警察机关——运用的侦探搜查技术超越黄金时期的名侦探们信手拈来的华丽‘理论’和‘推理’，我对他们的胜利不以为然。以现代社会为背景写侦探小说的作家势必陷入困境，解决困境最快捷——这个用词不恰当——最有效的方法，首推刚才我说到的‘暴风雪山庄’。”

“原来如此。”勒鲁郑重其事地点了点头，“也就是说，本格推理最现代的主题是‘暴风雪山庄’吗？”

三月下旬，尽管临近春天，海上的风仍然带来阵阵寒意。

从九州大分县东岸S半岛J岬角的S区小港出发，船渐渐远离盘踞在大海里的J岬角，目的地是漂浮在海面五公里以外的一座小岛。

这是个适合出海的晴好日子。然而，这个地方在春天必然伴随着黄沙，因此天空的颜色更接近灰白色。波光粼粼的海面沐浴着昏黄的阳光，从远方大陆飘来的黄沙把一切都笼罩在薄雾里，所有的景色都烟雾缭绕。

“看不见别的船啊。”

一个身材魁梧的男生把手搭在另外一边的船舷上。他叫爱伦·坡，刚才一直在默默地抽烟，乱糟糟的头发显得无精打采，满脸络腮胡子。

“岛的那一边风浪很大，所有的船都绕行了。”上了点年纪的渔夫说道，“渔场在更南边，很少有船出港后去那个岛——你们真是一帮与众不同的学生啊。”

“是吗？看上去与众不同？”

“你们的名字就很奇怪，叫什么‘勒鲁’啊，‘埃勒里’啊，全都怪里怪气。你也叫这种名字吗？”

“嗯，这是我们的别号。”

“现在的大学生相互之间都叫这种名字吗？”

“不，没这回事。”

“这样说来，你们果然是与众不同的学生。”

渔夫和爱伦·坡的前面——有两个女生坐在船中央的一个细长木箱上。包括在船后方掌舵的渔夫的儿子，这艘船上一共有八个人。

除了渔夫父子以外的六个人，全部是大分县O市K＊＊大学的学生，同时也是这个大学推理研究会的成员。“埃勒里”、“卡尔”、“勒鲁”这些名字，正如“爱伦·坡”所说，是他们之间使用的别号。

显然，这些别号当然来自于埃勒里·奎因、约翰·狄克森·卡尔、加斯通·勒鲁以及埃德加·爱伦·坡，这些他们顶礼膜拜的欧美推理小说家。两位女生名叫“阿加莎”和“奥希兹”，不用说这两个名字分别源自推理女王阿加莎·克里斯蒂和以《角落里的老人》一书闻名的奥希兹女男爵。

“各位，请看！已经能看见角岛的房子了。”

渔夫扯开嗓门叫了起来。六位年轻人一起把视线投向了逐渐靠近的小岛。

一个平坦的小岛。

近乎垂直的岩壁在海面上拔地而起，上面郁郁葱葱地覆盖着一片墨绿，宛如几枚巨大的十元硬币重叠而成。靠近前方有三个角向外突出，也许这正是角岛名字的由来。

四面被悬崖断壁包围的小岛，只有一处狭小的海湾勉强可以停靠小型渔船，因此，只有钓鱼爱好者偶然造访这个被人遗忘的小岛。二十年前，有人在岛上建造了一座造型独特、名叫“蓝屋”的房屋，并搬进去居住，不过现在这里完全是个荒无人烟的无人岛。

“就是在悬崖上露出一个角的地方吗？”阿加莎站起来高声发问。她兴奋地眯起眼睛注视前方，同时用一只手压住被风吹乱的波浪形卷发。

“对。那是仅存的别馆，听说主宅被烧了个精光。”

“唔。那就是‘十角馆’吗？——大叔？”埃勒里问渔夫，“您上过那个岛吗？”

“我好几次来海湾避风，但是从来没有上去过。特别是那次的事件发生以后，我再也没有靠近过这里，你们也要小心啊。”

“小心什么？”阿加莎回过头问。

渔夫压低声音。“据说岛上不干净。”

阿加莎和奥希兹一愣，对视了一眼。

“有幽灵，就是那个被杀死的叫中村什么的男人。”

渔夫布满皱纹的黑脸上露出令人毛骨悚然的笑容。“我也是道听途说，传言下雨天经过这个岛的时候，看见悬崖上有一个白色人影，他是中村的幽灵，就这样向人招手；还听说没人住的别馆亮着灯，废墟周围有鬼魂出没，去岛边钓鱼的小船被幽灵弄翻在海里。”

“不管用的，大叔。”埃勒里客气地打断他，“不管用的。你说这些吓唬人的话，我们只会更开心。”

事实上，六个年轻人当中，略显怯意的只有坐在木箱上的奥希兹。阿加莎根本不为所动，甚至乐不可支地嚷着“太好了，太好了”，兴高采烈地跑到船尾，冲掌舵的船长儿子——一个稚气未脱的少年大声发问：“喂喂，是真的吗？”

“全是骗人的。”少年看了一眼阿加莎，赶紧挪开视线，硬邦邦地回答，“我听别人说过，但是没有亲眼见过。”

“这样啊？”阿加莎的脸上浮现出一丝不满，但很快又淘气地笑了，“不过，有幽灵也不是一件坏事，毕竟那里是案发现场。”

一九八六年三月二十六日，星期三，刚过上午十一点。

2

海湾位于岛的西岸。两侧是陡峭的悬崖，面对悬崖的右手边是险峻突起的岩石，延伸至岛的南岸，形成高约二十米的断壁。在水流湍急的东岸，悬崖甚至高达五十米。

正面也是深壑绝壁，狭窄的石阶在点缀着深绿色灌木丛的褐色岩块上蜿蜒。

船缓慢地停靠在海湾里。

狭窄的海湾比外海平静得多，水色也不同，呈现出一片暗绿色。

左边有一座木制栈桥，再过去是一间破败的小船坞。

“真的不用来看看你们吗？岛上电话也不通吧？”六个人站在吱吱作响的栈桥上后，渔夫问道。

“没关系，大叔。”埃勒里拍了一下爱伦·坡的肩膀，“我们有这个未来的医生。”

胡须男爱伦·坡是医学院的四年级学生，此刻他正坐在大背包上抽烟。

“对，埃勒里说得没错。”阿加莎随声附和，“我们好不容易来到这个无人岛，你动不动就跑上来会破坏气氛的。”

“真是一个有胆量的小姑娘啊。”渔夫解开拴在栈桥桩上的绳子，哈哈大笑起来，“那么，我下星期二早上十点来接你们。自己小心一点啊。”

“谢谢。我们会小心的，特别是对幽灵。”

踏着陡峭的石阶来到顶部，视野顿时开阔起来。杂草丛生的院子后面是一幢白墙蓝瓦的平房，似乎在等待这些学生的到来。

几级石阶的上面，是一扇蓝色的对开大门。

“这就是十角馆啊。”

最先发出声音的是埃勒里。刚爬完石阶的他气喘吁吁，把驼色的手提包放在地上后，抬起头望了望天。

“阿加莎，感想如何？”

“想不到这么漂亮。”阿加莎把手帕压在渗出了汗珠的白净额头上。

“对我来说……啊，也就是……”

勒鲁也上气不接下气，毕竟他手里除了自己的行李，还有阿加莎的行李。

“怎么说呢……我本来期待看到……更阴森恐怖的气氛。”

“事情往往难遂人愿啊。算了，先进去再说。范……应该比我们先到，他在做什么呢？”

埃勒里好不容易平复了呼吸，在他提起行李说话的同时，大门左边的一扇蓝色百叶门打开了，一个男生从里面探出头来。

“啊，你们到了。”

从今天开始将要在这幢房子里共同生活七天的第七个人——范登场了。毋庸赘言，这个名字取材于创造了名侦探菲洛·万斯的S.S.范达因。

“等一下，我马上出来。”范哑着嗓子说完后，随即关上了百叶门，接着一路小跑出来。

“不好意思，没有出来接你们。昨天开始有一点感冒……好像发烧了，所以我躺着休息，本来一直留意船的声音，可是……”

他比另外六人提前一步来到岛上进行各种准备。

“感冒了吗？不要紧吧？”勒鲁把因汗水而滑下鼻梁的眼镜往上推了推，担心地问道。

“应该不要紧……就快好了。”范瘦削的身体瑟瑟发抖，脸上露出忧心忡忡的笑容。

浩浩荡荡的一行人在范的带领下步入了十角馆。

走进蓝色的大门后，里面是宽敞的门厅——貌似宽敞，其实很快就发现这不过是错觉，因为房间不是长方形，所以看上去比实际面积更大。

尽头的墙壁上有另外一扇对开的门通向室内，仔细一看，那面墙壁比大门这边的更窄，也就是说，门厅是一个由外向内逐渐变窄的梯形平面。

除了范以外的六个人对这个让人的感官发生错觉的设计颇感费解。他们穿过通向室内的门来到房屋的中央大厅后，发现这个房间是一个等边十角形，这才恍然大悟。

要把握十角馆的构造，最好在脑海里描绘一个简单的平面图。

十角馆正如其名，外墙的形状是十角形——而且是正十角形。在这个大十角形内侧镶嵌着中央大厅这个小十角形，两个顶点用直线连接形成了十个房间。换言之，正十角形的中央大厅外围是十个等边梯形的房间，其中之一就是他们刚才经过的门厅。

“怎么样，很奇怪吧？”走在前头的范回头对大家说，“大门对面的那扇门后是厨房，左边是卫生间和浴室，剩下的七个房间是客房。”

“十角形的房子和十角形的大厅。”埃勒里环视一圈后，走到房间中央的大桌子旁边，用手指敲了一下白色桌子的一角，“桌子也是十角形。莫非被杀的中村青司是个偏执狂？”

“说不定呢。”勒鲁回应道，“据说被烧毁的主楼蓝屋，从地板到天花板再到家具，所有的东西都是蓝色。”

二十年前，盖了蓝屋并且移居到岛上的人，就是中村青司。当然，盖了别馆十角馆的人也是中村青司。

“可是——”阿加莎嘀咕了一句，“不会走错房间吗？”

相对的大厅和厨房，都是镶嵌着花纹玻璃的对开白色木门，关上门后难以辨认。位于两侧排列在四面墙壁上的房间大门，也都是白色木头的，同样难以辨认。没有标志性的物体加以区分，难怪阿加莎有此疑惑。

“没错，我今天早上也好几次差点走错房间。”范苦笑着说，也许因为发烧，他的眼睛有点肿，“我们可以做一个名牌贴在门上——奥希兹，带画册了吗？”

突然被叫到名字，奥希兹慌忙抬起头。

她是一个小个子女生，也许是为了掩饰偏胖的身材，总是穿深色衣服，显得很呆板。低眉顺眼的她和性格活泼的阿加莎形成鲜明对比，不过，她画得一手很不错的日本画。

“啊，带了，我现在就拿出来吧。”

“等一下也行。大家先挑选自己的房间吧。每个房间都完全一样，不用吵。我已经先选好了那个房间。”范用手指着一扇门说，“房间的钥匙我也都备好了，插在锁孔里了。”

“OK，明白了。”阿加莎欢快地应道，“我们休息一下，就去岛上探险吧。”

3

房间很快就分配好了。

大门的左侧依次是范、奥希兹、爱伦·坡，右侧是埃勒里、阿加莎、卡尔和勒鲁。（见图一）

六个人提着各自的行李走进房间后，范靠在自己的房门上，从象牙色羽绒背心口袋里拿出一根七星烟叼在嘴上，似乎到现在才有时间仔细观察这个昏暗的十角形大厅。

墙壁被粉刷成白色，地板上铺着大块蓝色瓷砖，不用脱鞋就能进来。大厅中央是一个十角形天窗，阳光透过天窗沿着油漆剥落的房梁照射在白色的十角桌上。桌子周围有十把铺着蓝布的白色椅子，除了悬挂在房梁上的灯泡，室内没有任何饰品。

岛上断电了，照亮室内的只有从天窗射进来的自然光，因此这个大厅即使在白天也飘浮着一股难以言喻的神秘气氛。

没过多久，穿着洗退了色的牛仔裤和蓝色衬衣的爱伦·坡慢悠

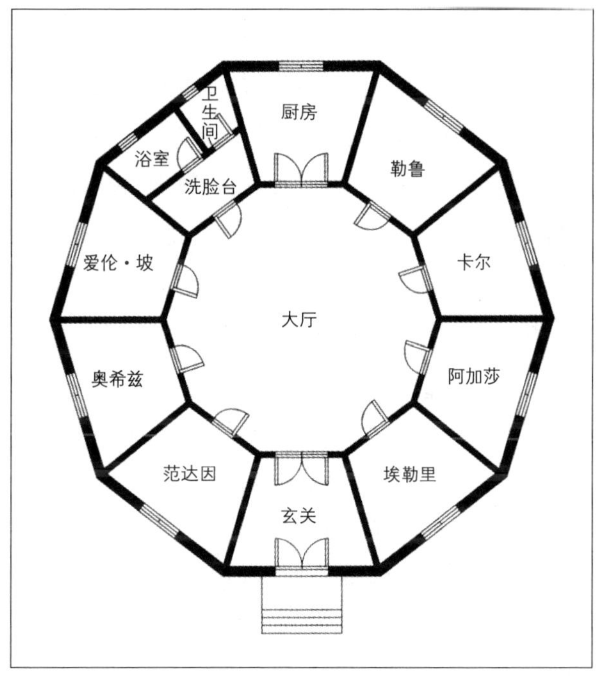

图一 丨角馆平面图

悠地从房间里踱了出来。

“啊，真快啊——等一下，我来泡咖啡。”

范用手指夹着吸了一半的香烟，往厨房走去。他是理科部的三年级学生，比医学部四年级学生爱伦·坡小一岁。

“不好意思——行李那么多。你辛苦了，范。”

“没这回事，有搬运工人帮忙嘛。”

阿加莎一边用围巾扎起头发一边走出房间。

“房间很不错啊，范，比我预想得好——咖啡吗？我来泡吧。”

阿加莎乐呵呵地走进厨房，看见柜台上有一个贴着黑色标签的玻璃瓶，不满地拿起瓶子摇了摇，“哎呀，是速溶咖啡啊？”

“不要挑三拣四了。”范回击道，“这里不是度假酒店，而是一个无人岛。”

阿加莎咂着涂了玫瑰色口红的嘴唇问道：“那么，我们吃什么呢？”

“都在冰箱里。去年着火的时候把电灯线和电话线都烧断了，冰箱不能制冷——有这么多食物，应该够了。”

“——是啊，足够了。有水吧？”

“嗯。这里有自来水管和水龙头。我还带了液化气罐，煤气炉和热水器都能用，还能洗澡。”

“太棒了——呵呵，锅碗瓢盆都留下来了，还是说都是你带来的？”

“是留下来的。光是刀就有三把，不过砧板霉得厉害。”

这时，奥希兹拘谨地走了进来。

“啊，奥希兹，快来帮忙。所有的东西都留下来了，可是要洗干净才能用。”

阿加莎耸了耸肩，脱下黑色皮大衣，随后一只手叉腰，冲着站在范和奥希兹身后探头往里张望的爱伦·坡嚷道："不帮忙就快出去，先去岛上探险。咖啡等一下才能泡好。"

范苦笑着和爱伦·坡一起灰溜溜地往外走，阿加莎在背后冷冷地加了一句："别忘记做名牌，我可不希望换衣服的时候有人闯进来。"

埃勒里和勒鲁已经来到了大厅。

"被女王陛下驱逐出来了？"埃勒里用纤细的手指抚摸着尖下巴，揶揄道。

"遵照吩咐，我们先去岛上走一圈吧？"

"这是个好主意——卡尔呢？还没出来？"

"他一个人出去了。"勒鲁看了一眼大门口方向。

"已经出去了？"

"这是个孤傲清高的家伙。"埃勒里的语气里充满了讽刺。

十角馆的右手边——北面是一片苍劲挺拔的松树林。其中有一处缺口，相向而立的黑松枝覆盖在上面形成一个拱门，四人穿过这个拱门，漫步到蓝屋的废墟。(见图二)

废墟上残留着少许建筑物的残骸，肮脏的瓦砾散落一地，破败不堪。宽敞的前院里堆积着厚厚的一层灰，周围的树木经历了大火的炙烤，大部分已经枯死。

"全部被烧毁了，一切都荡然无存啊。"

埃勒里环顾着眼前的凄凉景象连连叹息。

"是啊，什么也没有留下。"

"哦，范，你也是第一次来这里吗？"

图二 角岛全图

范点点头。“我听伯父说过很多次，但上岛还是第一次。今天早上搬行李累得够呛，加上有一点发烧，根本没办法一个人出来散步。”

“唔，真的只剩下灰烬和瓦砾了。”

“埃勒里，你是不是希望这里残留着某具尸体？”勒鲁嬉皮笑脸地说。

“别胡说，希望的人是你吧？”

西面的松树林里有一条小路直通悬崖。汪洋大海那头，J岬角若隐若现。

“真是个好天气啊，风和日丽。”埃勒里面对大海伸了个大大的懒腰。

身材矮小的勒鲁也面对大海，用手卷着黄色运动衫的下摆。

“是啊——你相信吗，埃勒里，就在半年前这个地方发生了那起惨绝人寰的事件。”

“惨绝人寰……不错，角岛蓝屋，神秘的四重杀人。”

“小说里不管死五个人还是十个人都司空见惯，可是这起案件却发生在现实中，而且距离我们这么近。看新闻的时候，我大吃一惊。”

“是九月二十日凌晨吧？位于S半岛J岬角海面上角岛的中村家——俗称蓝屋——遭遇火灾，被烧毁殆尽。在废墟中发现了四具遗体，分别是中村青司和他的妻子和枝，还有共同居住在蓝屋里的一对用人夫妇。”

埃勒里平心静气地回忆。

“在四个人的遗体中，检查出了分量相当重的安眠药，而且死因也各有不同。用人夫妇死在自己的房间里，被人用绳索捆绑起来后，头颅被利斧砍碎；主人青司浑身上下被浇满了灯油，显然是被烧死的；被发现在同一个房间里的和枝夫人是被带状物体勒住脖子窒息而死，更恐怖的是夫人的左手被硬生生地割掉，最终在案发现场也没有找到。事件的大致情况就是这样吧，勒鲁？”

“是不是还有一个不知去向的园丁？”

“对对。案发前几天住进蓝屋工作的园丁，从此在岛上销声匿迹，再也找不到了。”

“嗯。”

“对此有两种见解。一是园丁就是凶手，所以他畏罪潜逃了。另外一种看法是凶手另有其人，园丁在躲避凶手追杀的途中不小心坠崖掉进了大海……”

“警察似乎更倾向于园丁就是凶手这种见解。不过不知道后来调查的进展——埃勒里，你认为呢？”

“这个嘛——”埃勒里撩起前额上被海风吹动的头发，“很遗憾，线索太少了，我们知道的内容仅仅是那几天媒体大张旗鼓的报道而已。”

“想不到你这么轻易就打了退堂鼓。”

“不是打退堂鼓。随口捏造像模像样的推理易如反掌，可是资料太少很难得出结论。说到底，警察对这起案件的调查也太敷衍草率了。最重要的现场是这般模样，岛上也没有一个人生还，难怪警察早早把下落不明的园丁认定为凶手。”

“言之有理。”

“一切都在灰烬中啊。”

埃勒里说着，身手敏捷地转身走进废墟的瓦砾中，不时掀起脚边的木板，弯下腰往里张望。

“怎么了？”勒鲁不解地问。

“如果能发现和枝夫人的手就有意思了。”埃勒里煞有介事地回答，“十角馆的地板下会不会发现园丁的尸骨呢？”

“哎呀呀，真是个让人没有办法的家伙。”一直默默倾听两人对话的爱伦·坡，呆呆地揪着下巴上的胡须，“你的爱好真是独特啊，埃勒里。”

“是啊。”勒鲁在一旁附和。

“我并非有意重提在船上说过的话。如果在这个岛上发生事件，不正是埃勒里喜欢的‘暴风雪山庄’吗？如果发展成类似《无人生还》的连环杀人案，他可真要拍手称快了。”

“话说回来，这种人往往第一个被杀。”平时沉默寡言的爱伦·坡一语惊人。

闻听此言，勒鲁和范相视一笑。

“孤岛连环杀人案啊，唔，听起来不错啊。”埃勒里毫不发怵，“我求之不得，到时候我担任侦探义不容辞。怎么样，有人愿意挑战我——埃勒里·奎因吗？”

4

“在这种地方，女生真吃亏，被人当作女仆随意使唤。”

阿加莎一边手脚麻利地收拾洗干净了的锅碗瓢盆，一边发牢骚。在旁边打下手的奥希兹看着阿加莎纤细又灵敏的手指，不由得停下了手里的活儿。

“让那些男生也来做做厨房里的工作吧。他们以为有我们就可以撒手不管，太自以为是了，对吧？”

“嗯，对啊。”

“一本正经的埃勒里穿上围裙，手里拿着一把汤勺，真是太逗了，说不定很可爱呢。”

阿加莎爽朗地笑了起来。奥希兹瞥了一眼她眉眼清秀的侧脸，轻轻地叹息了一声。

高挺的鼻子、伶俐的模样、在紫罗兰色眼影的衬托下明眸善睐的眼睛、精心打理过的长波浪卷发……

阿加莎总是这样落落大方，性格偏向男性，却又不失女性的魅力——她似乎很享受男生倾倒于自己美貌的视线。

（相比起来，我却……）

蒜头鼻，长满了雀斑、孩子一般红扑扑的脸蛋，眼睛虽大却显得很不协调，总给人一种心慌意乱的感觉。她深知自己即便像阿加莎那样化妆，也只会不伦不类。同时，她很厌恶自己的怯懦和迟钝。

真不应该来这里。

她根本不愿意来这个小岛……因为她觉得这是一种亵渎，然而，她又没有勇气拒绝大家的邀请。

“啊，奥希兹，好漂亮的戒指。”阿加莎看着奥希兹的左手中指叫了起来，“你一直戴着这枚戒指吗？”

“不。”奥希兹摇了摇头。

“是别人送的吗？”

“这……这怎么可能。”

决定来这个岛上的时候，奥希兹调整了自己的思绪。

不是亵渎，而是追悼。为了追悼死者，我才去那个岛上。因此……

“你还是老样子，奥希兹。”

“——呃？”

“你总是把自己封闭起来。我们认识两年了，对你的情况却几乎一无所知。我倒不是说这样不行，只是这样很奇怪。”

“奇怪？”

“对。在会员杂志上读你的作品时，我常常想，你在自己写的小说中那么朝气蓬勃，可是……”

“那是在做梦。”

奥希兹低下头，避开了阿加莎的视线，嘴角露出笨拙的笑容。

“我不适合在现实中生活，讨厌现实中的自己。”

“你在说什么？”阿加莎笑着抓了抓奥希兹扁塌塌的短发，“你要有自信才行，其实你很可爱，只是自己没发现而已。不要老是低着头。昂首挺胸，什么也不用怕。”

“——阿加莎，你是个好人。”

“好了，我们快把这里收拾好，准备做午饭吧。好吗？”

埃勒里、勒鲁、范继续站在蓝屋的废墟上，爱伦·坡则独自一人走进了对面的树林中。

“……喂，埃勒里，范，好不容易有七天，就拜托你们了。”

滑稽的——也许本人并没有察觉——银框圆眼镜下，勒鲁的眼睛熠熠发光，“我也不要求一百页，五十页就行了。”

“喂，勒鲁，你在开玩笑吧？”

“我什么时候开过玩笑，埃勒里。”

“可是，你突然提出这个要求，我们根本没有这种打算，对吧，范？”

“我同意埃勒里的说法。”

“我不是一直在跟你们解释吗？今年我打算在四月中旬出版下一期的《死人岛》，一是为了吸引新生加入，二是为了庆祝推理部创建十周年。我好不容易做了总编，希望有一番作为，千万不能让自己负责的第一份会刊就丢人现眼。”

文学部二年级的勒鲁在今年四月将就任推理研究会会刊《死人岛》的总编。

“我跟你说，勒鲁，”埃勒里从酒红色的衬衫口袋里拿出一包新的沙龙烟，打开封口。他是法学部三年级的学生，《死人岛》现在的总编。

“这种时候就要拍卡尔的马屁。不管质量怎么样，他可是我们研究会的高产作家——范，不好意思，借个火。”

“你很少这样和别人抬杠，埃勒里。”

“不是的，是卡尔先挑衅我的。”

“这样说起来，卡尔学长看起来情绪不佳啊。”勒鲁说道。

埃勒里笑呵呵地吐了一口烟。

“情有可原啊。”

“怎么了？”

“可怜的卡尔大师，最近试图接近阿加莎，却被一口拒绝了。”

“阿加莎女士？呵呵，真有胆量啊。”

“不知道是不是为了出气，他又把目标对准了奥希兹，结果人家也不理睬他。”

“奥希兹？”范皱起眉头。

“对，所以大师心情低落。”

“那当然了，和两个甩了自己的人住在同一个屋檐下。”

“就是这么回事。勒鲁，你要好好地讨好他，否则可拿不到稿子。”

这时，只见阿加莎从十角馆走过来，站在黑松拱门下向三人挥手。

“吃午饭了——爱伦·坡和卡尔呢？你们不在一起吗？”

十角馆的背面，进入松树林的小道上——

原本打算沿着这条路去看东岸的悬崖，结果九曲十八弯的路越走越窄，不到五十米就迷失了方向。

这是一片遮天蔽日的树林。

行进途中，不时被树林中枝繁叶茂的山白竹钩住衣服，脚下也崎岖难行，好几次险些滑倒。

可是又不甘心就此折回，这么小的岛，不可能迷路。

夹克衫下的黑色高领毛衣被汗渗透，黏糊糊的很不舒服。就在几乎忍无可忍的时候，总算穿出了这片树林。

此处是悬崖顶上，蔚蓝的大海一览无遗。有一个身材高大的男子面对大海而立——是爱伦·坡。

“呃？卡尔啊？”

听到脚步声，回头看了一眼卡尔，爱伦·坡又调转身子面对大海。

“我们在岛的北岸，那里好像是猫岛。”他指着不远处一个小岛说。

那是个如岩礁般大小的岛，圆而突起的岛面上长着低矮的灌木，正如“猫岛”之名，仿佛黝黑的野兽盘踞海上。

卡尔看了一眼猫岛，哼了一声。

“怎么了，卡尔？无精打采的。”

“我后悔来这里了。”卡尔紧锁眉头，没好气地抱怨，“虽然说去年出了那起事件，也不等于现在有什么好玩的，不过我还是希望能刺激自己的想象力，所以就来了……哼，想到接下来的一个星期每天要和那些人见面，我就提不起精神。”

卡尔和埃勒里都是法学部三年级的学生。他高考时复读了一年，所以和四年级的爱伦·坡同岁。

他中等个子，可是因为脖子短，再加上有点驼背，看上去显得很矮。

“你怎么了？一个人在这里……”

“不知不觉就走到这里来了。”爱伦·坡粗粗的眉毛下，原本就很小的眼睛显得更小了。他从做工精致的烟盒里拿出一支烟衔在嘴里，又递给卡尔一支。

“你到底带来了几包烟？动不动给别人抽，自己也是烟不离手。”

“我虽然是医学部的，但是很喜欢抽烟。”

“还是云雀烟啊？这可不是读书人抽的烟。”卡尔一边抱怨一边接过烟，“不过，比起埃勒里大少爷的薄荷烟……”

“卡尔，你不应该总是找埃勒里的茬儿，就是这样关系才越来越紧张。你和他吵架，只会被他奚落一番。”

卡尔用自己的打火机点燃香烟后，气鼓鼓地把脸扭到一边。

“你凭什么对我说三道四。”

爱伦·坡面不改色，默默地在一旁吞云吐雾。

卡尔把抽到一半的香烟扔进大海，一屁股坐在岩石上，从夹克衫口袋里拿出一小瓶威士忌，粗暴地打开盖子后猛地喝了一大口。

“你白天喝酒？”

“不关你的事。”

“我不赞成。”爱伦·坡的语气变得严厉起来，“你应该收敛一些，不仅因为是白天……”

“哼，阁下还在介意那件事？”

“你既然知道就不应该明知故犯。”

“我不知道。那件事已经过去多久了，你还在耿耿于怀。”

卡尔绷着脸，又喝了一大口酒。

“我不光讨厌埃勒里，说到底，我也觉得不应该和女生一起来无人岛。”

“虽说是无人岛，我们并不是来尝试野外生存的。”

“哼，先不说别的，就说阿加莎，我特别讨厌和那么傲慢的女生在一起，何况还有一个奥希兹。不知道为什么，这一两年我们七个人总在一起，所以我不便多说。但是那个阴阳怪气、没有任何可取之处、自我意识过剩的女人……”

“这样说太过分了吧。”

“哦，我差一点忘了你和奥希兹是青梅竹马。”

爱伦·坡不悦地把香烟扔在地上用脚踩灭，然后似乎意识到了什么，看了一眼手表。

“已经一点半了，我们再不回去就没饭吃了。”

“开饭前有一件事。”戴着金边平光眼镜的埃勒里对大家说，“下一任总编有话对大家说。”

十角形的桌子上摆放着午饭，培根鸡蛋、沙拉、法式面包和咖啡。

“嗯——不好意思打扰大家吃饭，但是我仍然要再次向大家致意。”勒鲁有板有眼地说完这句，清了清喉咙，“今年的迎新会上，有人提出到十角馆一探究竟，当时谁也没有料到最终能够成行。因为范的伯父买下了这幢房子，所以特意招待我们来这里小住。”

“谈不上招待，不过是对你们说如果真有这个打算，我可以和伯父说一声。”

“好吧——各位也知道，范的伯父在S区经营房地产，是一个事业有成的实业家，计划在不久的将来把这个角岛开发成面向年轻人的度假村。是这样吧，范？”

“没那么夸张。”

“总之，我们此行含有试验的意味，可谓一举两得。在此必须对一大早就来这里进行各项准备的范致谢。多谢了。”

勒鲁对范深深地鞠了一躬。

“——接下来，言归正传。”

“先别说那么多，鸡蛋和咖啡都要凉了。”阿加莎插了一句嘴。

“很快就说完了。不过，特意准备的午饭凉了就不好了，所以请各位一边享用一边听我说。今天聚集在这里的各位青年才俊，都承袭了已经毕业了的学长们的名号，也就是研究会的创作精英……”

K＊＊大学的推理研究会自创办以来，会员之间就以别号互相称呼。

十年前创办这个研究会的成员们出于推理迷特有的稚气，给为数不多的每个成员都冠以欧美著名作家的名号。后来，随着成员的增加，知名作家的名字自然不够分配，因此大家找到了“承袭名号”这个解决办法，也就是拥有作家名衔的会员在毕业时把名字留给自己中意的晚辈。

选定继承者的办法是看这个成员对会员杂志贡献的大小。因此，目前拥有这些绰号的人都是研究会的领导层，平时见面的机会也很多。

“如此有能力的精英们，从今天开始在这个无人岛上心无旁骛地居住一个星期，可不能虚度光阴啊。”勒鲁笑逐颜开地环视众人，“我准备好了稿纸，为了四月发行的会刊杂志，务必请每位贡献一篇作品。”

“嗬！”阿加莎叫了起来，“怪不得唯独勒鲁的行李鼓鼓囊囊的，原来有这个居心啊。”

“对，就是这个居心。阿加莎学长，奥希兹小姐，拜托了。”

低头致意的勒鲁摸着自己圆嘟嘟的脸，笑了起来，宛如戴着眼镜的福神。围坐在桌边的人也都无奈地笑了。

“大家写的内容可能都是‘孤岛连环杀人’哦，勒鲁。那到时候该怎么办？”爱伦·坡不依不饶。

勒鲁挺起腰板回应。“到时候就用这个题目出一期特刊，或者干脆现在就决定吧，这样反而求之不得，说到底我们的会刊杂志‘死人岛’这个名字就来自于克里斯蒂女士名作的第一个日文版译名。”

埃勒里撑着手臂，看着勒鲁，对身边的范小声嘀咕：“哎呀呀，下一任总编真不好对付啊。”

5

第一天很快就迎来了黄昏。

除了来自勒鲁的约稿，没有别的要求。他们原本也没有计划在一起行动，所以各自打发着空闲时间。

傍晚时分——

“怎么了，埃勒里？一个人玩牌。”

阿加莎从房间里走出来。她身穿白色罩衫和黑色皮裤，这一身单色调的打扮衬托得金黄色头巾格外耀眼。

“我最近专注于扑克，不过还谈不上是个狂热的爱好者。”埃勒里微笑着，啪啦啪啦地弹弄着手里的扑克。

“研究？你开始用扑克给人占卜了吗？”

“怎么可能！我可没这个爱好。”

埃勒里在十角形的桌上灵活地洗牌。“扑克，当然和魔术有关。”

“魔术？”阿加莎惊讶地睁大双眼，随即频频点头，“这样说起来，埃勒里确实具有魔术家气质。”

“魔术家气质？”

“对，故弄玄虚的习性。”

“习性？这个措辞太不客气了。”

“哦，是吗？”阿加莎莞尔，“你变个魔术给我看看吧。我很少看魔术。”

“很少有推理迷不对魔术感兴趣。”

“不是不感兴趣，只是没有机会而已。快，变给我看看。”

“OK。来，你过来，坐在这边。”

黄昏时分的十角馆大厅已经被暮色笼罩。阿加莎在对面落座后，埃勒里把扑克摊在桌上，接着又从上衣口袋里拿出另外一副扑克。

“好了，这里有两副扑克，背面的颜色分别是红色和蓝色。接下来，你用其中一副，我用另外一副。你要选哪一副？”

“蓝色吧。”阿加莎不假思索地回答。

“好，那么，你拿着这副蓝牌。”

埃勒里隔着桌子把扑克递给阿加莎。

“你先检查一下这副扑克没有动过任何手脚，再把它洗乱，我同时把这副红牌洗乱。没问题吧？”

“没问题。这确实是普通的扑克。美国产的吗？”

“单车扑克，看见了背面骑自行车的天使图案吗？是美国最常见的扑克。”

埃勒里把洗好的扑克放在桌上。

“现在我们交换扑克。把你的蓝牌给我，我把红牌给你。OK。准备好了吗？接下来你从里面抽出一张自己喜欢的牌并且记住它的花色，我也从你洗的扑克里抽一张记住。”

“抽一张自己喜欢的牌啊。”

“对——记住了吗？好，把它放回到最上面，对，就是这样。然后像我一样再洗一次牌，这样把上下两部分交换位置，对对，就这样重复两三次。”

“——这样可以了吗？”

“OK，做得很好，现在我们再交换一次扑克。”

蓝牌又回到了阿加莎手里。

“好了吗？”埃勒里一动不动地凝视着她的眼睛，“刚才我们做的，是从洗乱了的两副扑克里分别随便抽了一张牌并且记住，再把牌放回去，然后又洗了一遍牌。”

“嗯，没错。”

“那么，阿加莎，现在麻烦你从那一堆牌里找到刚才你抽出来的那张，再把它扣在桌上，我也找到我那张牌。”

很快，一红一蓝两张牌被找出来扣在了桌上。埃勒里呼了一口气后，让阿加莎把这两张牌翻过来。

“——呃，真的呢！”

阿加莎惊呼起来。两张扑克牌的数字和花色完全一致。

“红桃四啊。”埃勒里得意扬扬地笑了，“是不是精彩绝伦呢？”

太阳下山后，十角形的桌上点燃了一盏古色古香的煤油灯，这是听说十角馆没有电之后，范特意带来的。除了大厅，每个房间里都备有大蜡烛。

吃完晚饭，时间已经过了七点。

“哎，埃勒里，为什么不告诉我那个魔术的秘密？”

阿加莎把咖啡端进来递给大家，推了一把埃勒里的肩膀。

“不管你怎么说都没用，魔术界最忌讳揭秘，这一点和推理小说不同。无论多奇妙的魔术，一旦知道了当中的窍门，就索然无味了。”

“阿加莎前辈，你做了一回埃勒里的魔术观众吗？”

“哎呀，勒鲁也知道埃勒里会变魔术吗？”

“何止知道，这一个月我陪他不知道练习了多少遍，还说在他熟练之前不准告诉任何人，想不到他这么孩子气。”

“喂喂，勒鲁。”

“你表演什么了？”

“一两个简单的魔术。”

“什么？那是简单的魔术？”阿加莎愤愤不平，“那不就没事了，快把诀窍告诉我。”

“不是因为简单就可以透露诀窍。刚开始给你看的确实是小孩子都知道的基本手法，但是关键不是手法本身，而是表演过程和障眼法。”

“表演？”

“对，比如说——”

埃勒里伸手拿过咖啡杯，没有加糖和奶就喝了一口。

“在电影《魔缘》里，有一个情节是安东尼·霍普金斯扮演的魔术师给昔日的恋人露了一手——类似刚才我给你看的那个魔术。那不是普通的魔术，而是一种心理试验。魔术师向对方解释，如果两人心灵相通，扑克牌就会一致，试图借此向对方求爱……”

“唔。那么，埃勒里没打算用同样的办法向我求爱吗？”

“怎么可能！”埃勒里夸张地耸了耸肩膀，笑不可支，“很遗憾，我现在没有向女王陛下求爱的胸襟。”

“你的措辞真够微妙。”

“过奖了。对了，”埃勒里举起手里的咖啡杯上下打量，“我想到另外一件事，我们白天提起过的中村青司……实在是一个特别偏执的人，看着这个杯子我都不寒而栗。”

这个别致的墨绿色杯子是厨房餐具架上留下来的物品之一，引人注目的是它的形状，和建筑物一样，也是十角形。

“也许是特别订制的吧。那个烟灰缸，刚才吃饭的盘子等等，所有的东西都是十角形——你怎么看，爱伦·坡？”

“很难说。”爱伦·坡把吸了一半的香烟放在十角形的烟灰缸里，“确实超乎常理，但是可以理解为是有钱人的一种雅兴吧。”

“有钱人的雅兴啊。”

埃勒里用双手握住杯子，从上往下看。虽说是十角形，但就杯子的直径来说，其实接近圆形。

“无论如何，光是这个十角馆就值得远道前来观看。我简直想为故人干一杯。”

“可是，埃勒里，十角馆虽然是个值得玩味的地方，但是岛本身什么也没有，只有大煞风景的松树林。”

“我看未必。”爱伦·坡回应阿加莎，“废墟西侧的悬崖下是一个很不错的岩区，还有台阶通向海边，或许是个钓鱼的好地方。”

“这样说起来，爱伦·坡前辈带来了钓鱼的工具吧？太好了，明天能吃到新鲜的鱼了。”勒鲁伸出舌头舔了一下嘴唇。

“你可不要抱太大的希望。”爱伦·坡摸着下巴上的胡须，“对了，这个十角馆的背面有几株樱花树，花蕾已经很饱满了，说不定再过两三天就会开花。”

“太棒了，到时候去赏花吧。”

“好啊。”

“樱花啊樱花，为什么春天总是和樱花联系在一起呢？我认为桃花和梅花都远胜过樱花。”

“埃勒里的爱好异于常人。”

“是吗？日本古代的贵族都更加偏爱梅花哦，勒鲁。”

“真的吗？”

“真的。对吧，奥希兹？”

突然被叫到名字，奥希兹的肩膀抖动了一下，涨红了脸，微微点了点头。

“奥希兹，你能给大家解说一下吗？”

“嗯……好的。《万叶集》里最多的是咏唱胡枝子和梅花的诗歌，都超过了一百首，关于樱花的诗歌有四十首左右。”

奥希兹和勒鲁一样是文学部二年级的学生，专攻英国文学，但是对日本文学也知之甚多。

“噢噢，我以前都不知道。”

阿加莎深表钦佩，她是药学系三年级的学生，隔行如隔山。

“多说一点来听听，奥希兹。”

“啊，好的。”奥希兹惴惴不安地应了一句，“在《万叶集》的年代，大陆文化盛行，受中国文化影响很深。有关樱花的描写到《古今和歌集》时代才有所增加……嗯，不过，大部分是描写樱花凋落的场景。”

“《古今》是平安时代的歌集吗？”埃勒里问。

“是醍醐天皇的时代，十世纪初……”

“不知道是不是和悲观的社会百态有关，当时流行感叹樱花凋零的歌。”

“怎么说呢，醍醐天皇的时期被称为延喜之治，在樱花凋落的时节传染病也易于传播，所以樱花被认为带来了瘟疫。因此，宫中会举办镇花节，大概也和这个有关吧……”

“原来如此。”

“怎么了，范？一声不吭。”爱伦·坡看着在旁边低头不语的范，“不舒服吗？”

“——唔，头痛。”

“脸色不好——在发烧呢。”

“不好意思，我想先睡了。”

“啊，你先睡吧。”

“唔，那么……”

范用双手撑着桌子缓缓起身。

“不用管我，你们继续聊，我不怕吵。”

和大家道晚安后，范回到自己的房间。关上房门后，昏暗的大厅顿时安静下来，只听见咔嚓一声轻微的金属声响。

“讨厌的家伙。”一直沉默不语、摇晃着膝盖的卡尔神经质地翻着白眼，低低地冒出一句，“故意当着我们的面关门，又不是自我意识过剩的女生。”

“今天的夜空很明亮啊。”爱伦·坡假装没听见，抬头仰望十角形天窗。

“前天应该是满月吧。”勒鲁说道。

这时，天窗外闪过一道光，是来自J岬角灯塔的光。

“你们看，月亮被云遮住了，明天可能会下雨。”

“哈哈，那是迷信，阿加莎。”

“你真没礼貌，埃勒里，这不一定是迷信，可能和水蒸气有关。”

“天气预报说，最近一段时间都是晴好天气。”

“可是，比起月亮上有兔子，这个传说要科学得多。”

“月亮上的兔子啊。”埃勒里苦笑着说，“知道吗，宫古诸岛上有一个挑桶的男人。”

“啊，我听过这个故事。”勒鲁笑逐颜开。

“遵照神的命令，把不死药和死药放在桶里来到人间的故事，对吧？可是他误把不死药给了蛇，把死药给了人，作为惩罚，他到现在还在挑桶。”

“对对。”

“非洲南部的霍屯督族有类似的传说。”爱伦·坡在一旁说，“故事的主角不是人，而是兔子。兔子没有正确传达月神的旨意，月神震怒之下把兔子摔在地上，所以兔唇裂成了三瓣。”

“呵呵。人类制造的传说难免大同小异。”埃勒里靠在蓝色的椅背上，抱着双肘，“好像全世界都流传月亮上有兔子的故事，中国、中亚、印度……”

“印度也有吗？”

“梵语中的月亮读作‘夏信’，这个单词的意思就是‘带有兔子’。”

“噢。”

爱伦·坡伸手去拿烟盒，同时还在仰望天空。十角形的夜空中飘浮着昏黄的月亮。

角岛，十角馆。

昏暗的灯光在雪白的墙壁上映照出这些年轻人的身影。

他们的深夜来了。

第二章　第一天·本土

1

被你们这帮家伙杀害的千织，是我的女儿。

狭窄的房间正中摆放着一张凌乱的床，江南孝明躺在床上，眉头深锁。

上午十一点。刚才回家一看，信箱里躺着这封信。

昨天在朋友的宿舍里打了一夜的麻将，每次通宵打麻将回来后，半梦半醒之间仍然隐约可闻喧闹的洗牌声，可是今天，一看见这封信，江南孝明顿时睡意全消。

“这是什么？”

江南孝明揉着眼睛，拿起信封仔细审视。

这是一个普通信封，邮戳的日期是昨天——三月二十五日，似乎是从 O 市寄来的，如果一定要找出不寻常的地方，那就是上面的文字都是打印的。

信封上没有寄信人的地址，只有在背面写了“中村青司”这几个字。

“中村青司。”江南孝明在嘴里念了一遍。这是个陌生的名字——啊，不对，似乎有所耳闻。

他坐起身，盘腿坐在被子上。这是B5大小的上等纸，上面的内容也全部是打印的。

被你们这帮家伙杀害的千织，是我的女儿。

“千织”这个名字似曾相识，或许就是那个中村千织，由此一来，她的父亲就是中村青司。

那件事发生在一年前，也就是去年一月。

当时，江南所属的K＊＊大学推理小说研究会举办了一场新年会。中村千织是这个研究会的新成员，比江南低一年级，当时还是一年级学生。江南现在是三年级学生，下个月就要升到四年级——不过去年春天他就退出了研究会。

中村千织死在那次新年会的第三轮酒会上。

事故发生在江南因故提前退席之后，据说是急性酒精中毒导致心脏病突发，被救护车送到医院的时候已经回天乏术了。

江南也出席了她的葬礼。

千织居住在O市的外祖父家，所以葬礼也在那里举办。不过，当时丧主的名字应该不是“青司”，而是一个更老气横秋的名字。难道说那不是她父亲，而是外祖父的名字吗？现在回忆起来，葬礼上没有看见她父亲的身影。

那么，这个自称是千织父亲的人物为什么要给素未谋面的自己寄这封信呢？

在信中，“青司”强调千织是被杀害的。

自己的女儿在学生聚会上被人灌酒导致猝死，父亲认为女儿是被人杀害也情有可原。然而，如果是为了复仇，为什么在时隔一年以后才开始行动呢？

江南忽然坐直身子。

“中村青司……啊。”

记忆开始复苏了。

江南猛然跳下床，冲到靠墙摆放的书架旁，从里面抽出几本册子。里面是他收集的剪报。

“那应该是去年九月份……”

在册子里翻看片刻后，终于找到了那篇报道。

角岛蓝屋失火 神秘的四重杀人

江南用手指弹了一下这行粗体标题，合上册子跌坐在席子上。

“死者的告发啊。”

“——啊，是东府吗？我是 K＊＊大学的江南，东一在家吗？”

“江南吗？”接电话的似乎是东一的母亲，“东一今天早上和社团的朋友一起出去旅游了。”

“是推理小说研究会的朋友吗？”

“对，他说是去一个无人岛。”

“无人岛？您知道岛的名字吗？”

“嗯，他说是 S 区的角岛。”

“角岛……”江南心里一惊，紧握住话筒，“请问，您收到了寄给东一的信吗？”

“信？”

“一个叫中村青司的人寄来的信。”

“这个嘛……”对方踌躇片刻后，大概感受到了江南声音里的急迫，说了声“请稍等”，放下了话筒。敲打耳膜的电话音乐声响了一阵后，话筒里传来忐忑不安的声音。

“收到了。出什么事了吗？”

“收到了？您是说收到了？”

“是啊。”

江南感觉浑身无力的同时，对自己的行为感到过意不去。

“啊，那个，太不好意思了——不，没什么事，打扰您了。”

放下话筒，江南靠在墙壁上出神。

这是栋年代久远的公寓，墙壁承受了体重，嘎吱作响，关不严实的窗户外传来似乎随时要发生故障的洗衣机的声音。

（东一也收到了中村青司的信……）

他一再眨着充血的眼睛。

（是个恶作剧吧。）

打电话给东一之前，江南翻看研究会的联系簿，已经打了两三个电话给参加了第三轮酒会的其他成员。这些人都不在家，再加上都是住在宿舍，所以什么也没打听到。

这些人出去旅游了，偏偏又是去了发生那起事件的角岛——这果真是单纯的巧合吗？

左思右想之后，江南再次打开联系簿，开始查找中村千织的电话。

2

从K＊＊大学推理研究会成员乘船出发的S区，坐半个小时公交车，再换乘四十分钟电车，就可以到达O市——直线距离不到四十公里。再往前四站就是龟川站。下车后，江南快步往山边走去。

江南打电话到中村千织的外祖父家时，接电话的似乎是家中女仆；告知对方自己是已故的千织的大学同学后，这位和蔼的中年女性回答了他的问题。

因为难以启齿，江南煞费苦心才确认了千织的父亲就是角岛的中村青司，后来又顺便打听了青司的弟弟中村红次郎的地址。通过报纸，江南事先了解到红次郎这个人的存在。

在电话中，江南得知中村红次郎住在别府的铁轮，是当地一所高中的教师。眼下正好是春假，所以他应该在家。

江南的老家也在别府，所以对这里并不陌生；同时，与生俱来的好奇心越发高涨。于是——

他压根没想过事先打电话联系，当机立断动身前往红次郎的家。

别府铁轮以“地狱温泉”而闻名，在万里无云的晴空下，坡道旁的水沟以及一户户民宅里，都能看到温泉雾气高扬缭绕的景色；另一边是宛如黑壁般逼近的鹤见岳。

穿过繁华的商业区后，街道顿时冷清不少，这一带聚集了许多旅社、民房以及出租别墅，供长期逗留此地进行温泉治疗的人住宿。

江南按照在电话里打听到的地址，没费多大工夫就找到了红次郎的家。

这是一座优雅别致的院落。低矮的篱笆墙里，黄色金雀花、洁白的雪柳以及淡红色的木瓜海棠在春天里争奇斗艳。

江南走进栅门，沿着石板路来到大门口，深吸一口气，按响了门铃。不久，门里响起温润的男人的声音。

“哪一位？”

出现在门口的男人和这幢日本建筑的风格很不协调。他身穿白色衬衫和褐色开襟毛衣，下身是炭灰色的法兰绒长裤，随意往上梳的头发中夹杂几丝白发。

“请问是中村红次郎先生吗？”

“是。”

“那个……我叫江南，和中村千织小姐同属一个研究会，突然造访还请见谅。”

玳瑁边眼镜下，红次郎轮廓分明的脸庞立刻放松了下来。

“K＊＊大学的推理小说社团？找我有什么事吗？”

“是这样的，我今天收到一封奇怪的信。”江南取出信封，“就是这个。”

红次郎接过信，扫了一眼上面井然有序的印刷文字，蓦地眉间一震，抬起头凝视江南的脸。“你先进来吧。家里来了一个朋友，不过你不用介意。我一个人住在这里，没什么好招待的。”

江南被请进室内。

里面有两个六席大的房间，取下中间的拉门就变成一个十二席大的房间。

靠外侧的这间被用作起居室兼客厅，墨绿色的地板上摆放着墨绿色的沙发，通向右边庭院的内室似乎是个书房，里面有几个高至天花板的书架和一张硕大的书桌。室内打扫得干净整洁，看不出是单身男人生活的地方。

“岛田，来客人了。”

外侧的房间里有一把面向庭院的摇椅，坐在上面的就是红次郎所说的“朋友”。

“K＊＊大学推理小说社团的江南。这位是我的朋友，岛田洁。”

“推理小说？”

岛田猛地站起来，因为动作幅度太大，摇椅剧烈地摇晃起来。被撞痛了脚背的岛田又跌坐在摇椅上。

这位瘦高个男人让江南联想到螳螂。

“其实，我去年已经退出了研究会。”

“哦，他刚才是这么说来着。”红次郎对岛田解释。

“唔。”岛田揉着被撞痛了的脚，“你找阿红有什么事吗？”

“有一封信。”红次郎把江南带来的信递过去。

一看到寄信人的名字，岛田立即把视线转到江南的脸上。

“我能看吗？”

“请看。”

“江南，其实呢——”红次郎说，“我也收到了一封同样的信。”

“呃？”

红次郎走进书房，从红褐色桌垫上拿起一封信，出来交到江南手里。

江南马上看了一下信封的正反两面。

和江南收到的信如出一辙，相同的信封、相同的邮戳、相同的印刷字体，寄信人也是“中村青司”。

“我可以看信的内容吗？”

红次郎点点头。

千织是被杀害的。

只有一行字。尽管内容略有不同，却同样是打印在上等 B5 纸上。

江南凝视着信纸，一时无言。

不可思议的死者来信——不难推测，去年参加了那次聚会的其他成员也收到了同样的信，却没有料到红次郎也收到了。

“这到底是怎么回事？”

“我也是摸不着头脑。”红次郎回答，“本来以为是一个无聊的恶作剧，刚才正在和岛田谈这件事，说世上总有一些人无所事事，碰巧你就来了。”

“不仅是我，好像其他的会员也收到了同样的信。”

“噢。”

“莫非，这个中村青司——不好意思，令兄仍然健在……”

“不可能。”红次郎断然否定，“你也知道，家兄去年因故丧命，我亲眼确认了遗体，简直惨不忍睹——不好意思，江南，我不愿意回忆那件事。”

“对不起——那么，这封信真的只是个恶作剧吗？”

“只有这个可能性。家兄半年前就死了，这是个不容置疑的事实，何况我也不相信世间存在幽灵。”

“关于信的内容，您有什么看法？”

“这个——”红次郎的表情黯淡下来，“千织的不幸我也听说了，我认为那是一起事故。千织是我心爱的侄女，我理解这种认为她是被人杀害的心情，可是，对你们怀恨在心也无济于事。我无法容忍有人盗用家兄的名字到处散发这种信。”

“恶作剧吗？”

江南难以认同，他看了一眼坐在藤椅上的岛田。岛田跷着二郎腿，把一只手支在膝盖上，不知为何，他竟然有点幸灾乐祸似的看着江南和红次郎。

“对了。”江南一边把信还给红次郎一边问，“我们学校研究会的那些人眼下正在角岛，您知道这件事吗？”

“不知道。”红次郎兴味索然地回答，“家兄死后，土地和房产都由我继承了，上个月卖给了S区的开发商，价格被压得很低。我再也不愿意踏上那个岛，对现在的情况一无所知。”

3

得知红次郎有今天必须完成的工作，江南起身准备告辞。

走出房间之前，江南问起里间书架上塞得满满当当的书，红次郎腼腆地回答自己在附近高中担任社会学科教师，业余时间在还潜心研究佛学。“我在学习大乘佛教的‘般若空’。”

“般若空？”江南不解地问。

“喏，你知道《般若心经》吧？色即是空，空即是色。阿红正在研究所谓的‘空’。”

岛田洁从摇椅上一跃而起，对江南解释道。他三步并作两步走到江南身边，把翻来覆去看了好几遍的信递过来。

“江南，你的名字怎么写？”

“江河的‘江’和东西南北的‘南’。”

“江——南——啊。哈哈，好名字啊——阿红，我也要告辞了。江南，我们一起走吧。”

离开红次郎的家，走在行人稀少的街道上，岛田双手交叉，挺直腰杆，穿着黑色毛衣的身体显得越发细长。

“柯南啊，唔，好名字。”

岛田双手交叉到脑后。此时，“江南”这个名字被他读成了“柯南”。

“你为什么要退出推理研究会？我猜是因为和那个社团的风格合不来，对吗？”

“没错，你猜得真准。”

“从你的脸上就能看出来。”岛田笑嘻嘻地说，“所以，你并非对推理本身失去了兴趣。”

“我现在仍然热爱推理。”

“没错，你热爱推理。我和你一样，比起佛学，更热爱推理，没有什么东西比推理更有条有理——怎么样，江南，去喝杯茶吗？”

“好啊。”答应岛田的邀请后，江南不禁失声而笑。

两个人走在缓缓的下坡路上，阳光明媚。

“江南，你真是个怪人啊。”

“怎么说？”

“为了一封可能只是恶作剧的信，你一个人大老远跑来这里。”

“不算很远。”

“唔。不过，如果我和你在同样的位置上，肯定会做出同样的举动——反正每天都闲得发慌。”

岛田把手插在黑色牛仔裤的口袋里，微微一笑。

“怎么？你也认为是个无聊的恶作剧吗？”

“虽然红次郎先生那样认为，我却不能释怀。”江南回答，“我也不认为信是幽灵写的，可能有人冒用了死者的姓名。不过，如果只是恶作剧，那也太费心机了。”

“此话怎讲？”

“所有的字都是用文字处理机打印上去的，一般的恶作剧犯不着如此大费周章……”

“如果习惯了使用文字处理机，倒也不是什么大事吧？最近文字处理机迅速得到普及，阿红就有一台，今年刚买的，但是已经用得很熟练了。”

“确实很普及，我的朋友里也有人已经买了，大学研究室里每个学生都可以自由使用。然而，用文字处理机写信，这种行为恐怕还没那么大众化吧。”

“言之有理。”

“使用文字处理机当然是为了掩盖笔迹，如果是单纯的恶作剧，需要如此费劲地掩盖笔迹吗？还有信的内容，只有短短一句话……太简单了吧？如果对方以威胁别人为乐趣，应该会写更多耸人听闻的内容。正因为如此，反而让人猜疑其中的深意。”

“有道理。其中的深意啊——”

走过坡道，来到了宽广的海边大道，沐浴着阳光的万顷碧波上船来船往。

“啊，那里。”岛田伸手指着一个地方，“那家店不错，我们进去吧。”

路边那家店的红色屋顶上有一个鸡形的风向标。

看到招牌上的彩绘文字“MOTHER GOOSE”①，江南忍俊不禁。

①即“鹅妈妈童谣”，英国民间童话集，很多侦探小说的灵感来源于此。

4

在窗边的座位上面对面落座后，江南再次端详了一番这位刚相识的男子。

年过三十——或许更年长一些。一头略长而柔软的头发使清瘦的脸颊愈发憔悴，比起身材瘦高的江南，岛田更加像一根竹竿。黝黑的面庞当中是个硕大的鹰钩鼻，双眼凹陷。

特立独行——这应该是所有人对岛田的第一印象吧。怎么说呢，让人觉得怪里怪气难以相处。然而，他刚才的一番言行却和外表大相径庭，让江南很欣赏，不知为何，有种一见如故的感觉。

已经过了下午四点，一整天粒米未进的江南点了一杯咖啡和一份披萨饼。

透过玻璃窗，映入眼帘的是国道十号线对面的蔚蓝色大海，那是别府湾。这家店有点像在学生聚集区的街角随处可见的风雅小店，也许是店主人的兴趣所在，和鹅妈妈童谣有关联的版画和玩偶在店内随处可见。

“江南，你接着说吧。”岛田点的伯爵红茶端上桌后，他一边端起茶壶倒茶，一边不紧不慢地开了口。

“接着说？那封信吗？”

“当然。”

“我的观点刚才都已经说过了——我能抽烟吗？”

“请便。”

“谢谢。”

点着火后，眼前升起一道白烟。

“我刚才也说了，我并不认为这是简单的恶作剧。不过你问我那是什么，我也回答不了。坦白说，我毫无头绪，猜不出是什么人出于什么目的写了那封信。只是——”

“只是？”

“我也并非完全不能推敲出些东西。”

“愿闻其详。”

“我认为可以从三个方面来分析寄信人试图在信里表达什么含义。第一，这封信最主要的意图是强调‘千织是被杀害的’。第二，是从第一点衍生出来的‘我痛恨你们，要向你们复仇’这样一种威胁的意图。因此，之所以用‘中村青司’，是因为这个名字最适合被用来写威胁信。”

“原来如此。第三点呢？”

“第三点和前面两点的角度不同，可以说是这封信的深层含义。”

“深层含义？”

“嗯。寄这封信的人为什么要用‘中村青司’这个‘死者的名字’呢？假设是企图制造恐怖气氛，现在可能没有人会当真吧？幽灵用文字处理机写信，这太荒唐了。因此，我猜想这封信的真正目的是暗示我们再次关注去年的角岛事件。是不是我想得太深了？”

“不，我觉得很有意思。”岛田笑呵呵地拿起茶杯，“唔，很有意思。再度审视角岛事件啊。有道理，那起事件很值得再次审视——江南，你对那起事件了解多少？”

“我只在报纸上看过相关报道，不太清楚。”

“那么，我把我知道的都告诉你吧。”

“嗯，麻烦您了。”

“事件的梗概你知道吧？去年九月，在角岛的蓝屋，中村青司与妻子和枝，还有一对用人夫妇被人杀害，另外有一个园丁从此不知去向。凶手作案后烧毁了整座蓝屋，到现在还没有破案。”

“不知去向的园丁被警方当作嫌疑人，没错吧？”

“没错，可是警方并没有掌握确凿证据。我认为是因为园丁销声匿迹，才让人怀疑。接下来，听我讲事件的详细情况。”

岛田下意识地压低了声音。

“首先，有必要简单介绍一下蓝屋的主人中村青司。青司比阿红年长三岁，当时四十六岁，他曾经是一位非常著名的天才建筑师，不过很早就隐退了……

“中村青司是大分县宇佐市一个资本家的长子，高中毕业后，独自去东京上大学。就读T＊＊大学建筑系时，他就在全国范围的竞赛中获奖，引起了业内人士的关注。大学毕业后，教授强烈建议他继续深造，但是因为父亲突然病逝，他不得不回到了家乡。

“和弟弟红次郎共同继承了父亲留下的巨额遗产后，没过多久，青司在角岛上盖了自行设计的蓝屋，早早地开始了半隐居的生活。

“……夫人和枝旧姓花房，在宇佐时和中村青司青梅竹马。两家早就定下了婚约，可以说是父母之命。在青司搬到角岛居住后，两人便结婚了。”

“后来，他没有继续设计工作吗？”

“听阿红说，他仍然在设计，不过大半是出于兴趣。高兴时就接下喜欢的工作，所有的设计都坚持自己的风格，专门建造风格独特的建筑物，在风流雅士之间好评如潮……有不少人千里迢迢去岛上拜访青司。不过最近十年，他连自己喜欢的工作也不再接受，几乎过着与世隔绝的生活。”

“唔，确实不同寻常啊。”

“阿红也是个怪人，不务正业，研究佛学。连他都一口咬定‘家兄是个怪人’，可想而知青司有多么古怪。不过他们两兄弟感情似乎不太融洽。

“言归正传。角岛的蓝屋里还住了一对名叫北村的用人夫妇。丈夫负责各种杂事，驾驶往来于陆地和角岛之间的汽艇，妻子打理所有的家务事。还有一个就是让人怀疑的园丁，他叫吉川诚一，平时住在安心院附近，每个月有几天去岛上干活——发生火灾的三天前他上了岛。相关人物的介绍就到这里吧。

“下面是事件的详细情况。一共发现了四具尸体，每具都被大火烧得面目全非，鉴定人员为此伤透了脑筋，颇费了一番工夫后才得出以下结论：北村夫妇被人用利器击中头部死在卧室里，在同一个房间里发现了被推定为凶器的斧子；另外，两人都有被绳索捆绑过的痕迹。死亡推定时间是九月十九日——火灾发生前一天的午后。

“中村和枝被勒死在卧室的床上，凶器是带状物，尸体的左手不翼而飞，推测是死后被人切断的，至今没有找到。死亡推定时间是九月十七日到十八日之间。

“中村青司全身浇满灯油，被烧死在同一个房间。体内发现大量安眠药，这一点和另外三具尸体一样。死亡推定时间是九月二十日凌晨发生火灾的那段时间。

“起火点位于厨房，凶手在整幢房屋内倒满灯油后，纵火焚屋。……你也知道，目前，警察初步推断销声匿迹的园丁吉川诚一是凶手，可是，还有很多疑点无法解释。

“比如说，和枝夫人的左手。吉川为什么要切断夫人的手，随后又带去了哪里？此外，逃走路径也是问题。岛上唯一的摩托艇仍然停泊在海湾，很难想象凶手杀害四个人之后，在九月下旬，从海里游回陆地。

“警方也考虑了外来凶手作案这个可能性。然而，这样一来就更加疑点重重。警察基于吉川就是凶手这个推论，得出的事件轮廓是……啊，江南，别客气，多吃一点。”

“呃？啊，好的。”

岛田滔滔不绝诉说案情的时候，披萨饼和咖啡端上了桌。江南没有开吃并不是客气，而是因为听得太入神了。

“关于动机，有两种说法。一是觊觎青司财产的谋财之说，二是吉川暗恋和枝夫人，与和枝夫人私通。大部分人认为这两点同时构成了杀人动机。首先，吉川让所有人喝下安眠药昏睡，之后开始着手作案。他把北村夫妇和青司捆绑起来监禁在某一个房间，然后把和枝夫人带到卧室发泄私欲。最早被杀害的和枝夫人比另外三个人的死亡时间早一两天，而且在和枝夫人身体上找到若干死后被性侵犯的痕迹。接着被杀害的是北村夫妇，在此期间两人一直昏迷不醒。最后是青司，在昏睡状态下被浇上灯油。随后，吉川去厨房点燃了火。”

“岛田先生——”江南正准备把已经冷却的咖啡端到嘴边，听到这里他停下了，“凶手为什么要让青司活那么长时间呢？北村夫妇也是一样。反正要杀，为什么不早一点杀呢？”

“可以认为他最初没有打算杀人灭口。杀害和枝夫人后，他的精神逐渐陷入异常。或者说，让青司活到最后，更加证明了‘劫财’的可能性。”

“此话怎讲？”

“这一点和中村青司身为建筑师有关。”

“身为建筑师的中村青司？”

“对。青司——刚才我说过他是一个不同寻常的人。无论是蓝屋，还是别馆十角馆，青司设计的建筑物都充分反映了他的偏执、孩子气以及游戏心态，其中之一，就是他对机关的狂热。”

“机关？”

“对。虽然不清楚其中的奥秘，但是在烧毁的蓝屋废墟上，到处都设计了密室、隐藏不见的橱柜和保险柜等等。知道如何开启这些机关的，当然只有青司本人。”

“啊，是这样啊，必须从青司嘴里才能得知贵重物品的存放地。”

“正是。因此不能先杀青司。”

说到这里，岛田抬起一只手，撑在桌子上。

“这就是事件和搜查状况的要点。目前正在搜查园丁吉川的下落，却没有任何线索——怎么样？江南，有什么问题吗？”

“是啊——”江南一口气喝干咖啡，陷入了沉思。

听了岛田的一番话，江南确实感觉警察目前的推断最为妥当。然而，这无非是根据现有状况的推测而已——说直白一点，不过是为了所谓合理性而做出的牵强附会的解释。

这起事件最大的难点在于蓝屋被焚烧殆尽，因此从现场得到的情报极其有限，再加上能够描述出事发当时或者事发前岛上状况的生者不见影踪……

“江南，脸色很凝重啊。”岛田舔了一下上翘的嘴唇，“我问你一个和角岛事件没有直接关联的问题吧。”

“什么问题？”

“关于千织这个姑娘。我知道她是阿红的侄女，因为上学，所以寄宿在和枝夫人的娘家。我听说她去年发生意外，但是对具体情况知之甚少——中村千织是个怎样的姑娘？”

江南皱起眉头。

“——是个很温顺的女生，郁郁寡欢，不太引人注目，我几乎没有和她交流过。可是，我认为她很懂事，每次举办联谊会，她都主动帮忙做一些杂活。”

“唔。她是怎么死的？”

“去年一月，在推理小说研究会的新年聚会上，死于急性酒精中毒。”

江南说着，不自觉地看着窗外。

“平时的聚会，她只参加第一场就回去，但是那天我们硬让她一直留到了第三场，实在太不应该了。她原本就身体虚弱，听说大家还拼命给她灌酒。”

“听说？”

“嗯。我那天也参加了第三场酒会，但后来有事和一个叫守须的朋友提前离开了。事故发生在那之后，不对——”

江南的手触碰到了夹克衫口袋里的那封信。

“不是事故，也许确实是我们杀了她。”

江南认为自己对千织的死负有一定责任。如果当时自己没有中途退场，是否会阻止众人向她灌酒呢？

“今天晚上有空吗，江南？”或许是察觉了江南的心情，岛田的语气忽然变得格外明快，“怎么样，晚上一起吃饭，顺便喝一杯，如何？”

“可是——”

“我请客，你陪我聊聊推理小说。我在推理方面没有志同道合的朋友，你能陪陪我吗？”

“嗯——我很荣幸。”

“好，就这么定了。我们去O市吧。”

“岛田先生。”

“怎么了？”

“我还没有问您，你和红次郎先生是什么关系？”

“啊，这个啊，阿红是我大学的前辈。”

“大学？那么，岛田先生也研究佛学？”

“算是吧。”岛田尴尬地揉了揉鼻子，“其实，我父亲是O市郊区一个寺庙的住持。”

“嘿，是佛门子弟啊。”

“在家里三个兄弟中我是最小的一个，这把年纪还游手好闲，没资格说别人是怪人。家父年过花甲仍然精神很好，他现在还读推理小说，碰到里面有人丧命就诵经念佛。”说到这里，岛田虔诚地双手合十。

5

被你们这帮家伙杀害的千织，是我的女儿。

守须恭一叹息着，再次从玻璃矮桌上拿起这封信。他靠床而坐，把脚放在灰色的长毛地毯上。

“被你们这帮家伙——杀害的——千织——”

他一个字一个字地斟酌着排列在信纸上的印刷字体，心乱如麻。

去年一月，推理小说研究会新年会的第三轮酒会上，守须和同年级的江南中途提前离开后，发生了那起事故。

信封背面的寄信人是“中村青司”，就是半年前在角岛被杀害的那个人。对守须来说，是个素未谋面的陌生人。

穿过O市车站的繁华地段，靠近港口有一栋名叫“巽”的单身公寓，守须住在五楼。

守须把信纸放回信封，轻轻摇了摇头，拿起桌上的七星烟。

守须一点也不喜欢烟的味道，却始终无法拒绝尼古丁的诱惑。

“角岛上的那些人，在做什么呢？”

他把视线投向收拾得整整齐齐的房间一角。

墙边的画架上挂着画了一半的油画。几座摩崖佛像被退了色的林木环绕，悄然注视时间的流逝——这是在人迹罕至的国东半岛看见的风景，眼下仅仅在木炭素描上淡淡地抹上了一点颜色而已。

烟吸进喉咙几乎难受得要吐出来，守须把只吸了两三口的烟揿灭在装了水的烟灰缸里。

不祥的预感涌上心头，说不定会发生意料之外的事……

电话铃声响起。

“这个时间打电话来的人……”

犹豫了几秒之后，守须拿起了话筒。

“啊，守须。”

不出所料，果然是江南孝明熟悉的声音。守须松了一口气。

“啊，道尔。”

“我不是说过让你不要叫我这个名字吗？——我中午也打过电话给你。”

“我骑摩托车去了国东。”

“国东？”

“唔，去写生了。”

“是吗？对了，守须，你有没有收到一封奇怪的信？”

“中村青司的信吧？我三十分钟前打过电话给你，想跟你说这件事。”

“果然你也收到了。”

“唔。你在哪里？方便来我家吗？”

“就是有这个打算才打电话给你。我在你家附近，想和你谈谈这封信，听听你的高见。”

“我没有什么高见。”

“三个臭皮匠，顶个诸葛亮。啊，我还有一个朋友，可以带他去吗？”

“没问题。我等你们来。”

“我认为是一个无聊的恶作剧，尽管不知道对方到底出于什么目的。”守须轮流打量着放在桌上的两封信，“上面写了‘你们这帮家伙’，所以我认为这封信应该不仅寄给了我。”

“你这封信看上去是复印件，也就是说我收到的是原件啊。”江南拿起自己收到的信，“寄到阿东家里的信内容应该一模一样，我打电话确认过。中村红次郎先生也收到了一封以中村青司的名义寄来的信，内容稍有不同而已。”

“中村红次郎？”守须皱起眉头，“中村青司的弟弟吗？”

“啊，那封信上写的是‘千织是被杀害的’。我今天去别府拜访了他，就是在那里认识了岛田先生。”

守须再次向江南介绍过的岛田行了个礼。来这里之前，岛田和江南去了好几家酒馆喝酒，瘦黑的脸上泛着红晕。在酒精的作用下，江南也呼吸急促，双眼充血。

“按顺序一件一件说吧。”

听到守须的要求，江南借着酒劲，把今天发生的事和盘托出。

“你还是老样子，好奇心那么重。”守须愕然地看着江南，“也就是说，你从昨天开始就没合过眼？”

“是啊——很蹊跷吧？到底是什么人出于什么目的到处寄这种信

呢？你怎么看？”

守须一只手按在太阳穴上，双眼紧闭。

“告发、威胁、唤起大家对角岛事件的再度关注——唔，我觉得是个不错的观点。尤其是希望大家再度调查角岛事件的意图，尽管我觉得有些牵强，但这个推理很有意思。那起事件确实值得深究。请问，岛田先生——”

不知何时，岛田靠在墙壁上迷迷糊糊地打起盹来。听到守须呼唤自己的名字，他像猫一样搓着脸直起身来。

“岛田先生，我有一事请教。”

“啊，唔，请讲。”

“去年发生角岛事件时，中村红次郎先生在做什么？”

“是调查不在场证明吗？”岛田睁大眼睛，咧嘴一笑，“这个问题很尖锐啊。有道理，杀害青司跟和枝夫人后最大的受益人是谁呢？不用说，就是阿红。”

“对，请原谅我的唐突，但是最应该被怀疑的难道不应该是红次郎先生吗？”

“守须，你别忘了，警察不是白痴。阿红的行踪当然被调查过了。很遗憾，他有完美的不在场证明。”

“什么情况？”

“从九月十九日晚上到第二天早上，阿红一直和我在一起。那天，他难得打电话约我一起喝酒。我们在别府喝到半夜，后来我就留宿在阿红家里。早上得到警方通知时，我们也在一起。”

“确实很完美。”

岛田点点头。“守须，我想听听你的其他意见。”

“是。我没有什么让人耳目一新的发现，但是，自从在报纸上看到相关报道后，我一直对其中一点耿耿于怀。”

“什么？”

“我说不出原因，但是直觉告诉我——”守须强调了这个前提后，表明自己的意见，“在我看来，和枝夫人的左手从现场消失了——我认为这才是事件的关键点。如果找到夫人的手，就会真相大白。”

“唔，手的去向啊。”

守须和岛田看着自己的手，沉默下来。

“对了，守须，你知道研究会那些人去了角岛吗？”江南问。

“唔。”守须回过神来，“他们也邀请了我，但是我拒绝了，觉得很无趣。”

“他们什么时候回来？”

“从今天开始在岛上过一个星期。”

“一个星期啊？住帐篷吗？”

“不，他们找到了赞助商，住在十角馆。”

“这样说起来，红次郎说他把房子转手卖了——唔，我感觉大事不妙啊。在死者寄信来的同时，他们出发前往死者生前居住的角岛……”

“让人不安的偶然啊。”

“是偶然吗？”

“也许不是。”守须再次闭上眼睛，“我们有必要和参加了第三轮酒会的所有人的家里取得联系，确认除了阿东，是不是大家都收到了那封信。”

“有道理。”

“去查查看吗？”

“啊，反正放春假没事做。趁这个机会，玩玩侦探游戏也未尝不可。”

“不愧是江南。那么，顺便进一步调查角岛事件如何？”

“你说调查，具体怎么做呢？”

“比如说，去失踪了的园丁吉川家拜访。”

“这个，但是……”

“江南，”岛田在一旁插嘴，“这个提议不错。我不是说过吉川诚一住在安心院附近吗？他的妻子应该还在那里，而且他的妻子曾经在角岛的中村家工作过，也就是说，她是知道中村家内部情况的唯一还活在这世上的人。很值得走这一趟。”

“知道地址吗？”

“查一下就能知道。”岛田摩挲着消瘦的脸颊，笑呵呵地说，“这样吧，江南，你在明天早上之前确认是不是所有人都收到了信，下午我们开车一起去安心院。怎么样？”

“OK——守须呢？你也一起去吧？”

“唔，我倒是想去，但是现在手头有事走不开。我说过我现在忙着去国东写生吧？”守须瞅了一眼挂在画架上的画布。

“国东的摩崖佛像啊？我记起来了，你爱好画画。准备参加什么比赛吗？”

“不是，没这个打算。不过偶然有了兴致，想描绘出花开之前的景色，最近我每天都去那里。”

“是吗？”

“再说了，我原本也没有你那么活跃，不擅长和人打交道——明天晚上再打个电话给我吧，晚一点也没关系，我也很期待你们的进展。”

守须靠在床上，点燃了明知道自己并不感兴趣的香烟。“暂且让我体会一下当安乐椅神探的感觉吧。”

第三章　第二天·岛

1

迷迷糊糊地醒了过来。

半夜两点回到房间后虽然立即上床了，却久久无法入睡。她心神不宁地在黑暗中睁大眼睛，白天发生的种种不愉快萦绕在心间，挥之不去。

埃勒里、范、爱伦·坡、阿加莎、勒鲁，卡尔——她并非厌恶这六个人，相反，对所有成员——对范也是一样——怀有相当程度的好感。厌恶的不是别的，恰恰是和他们一起生活的自己。

在平时的生活中，无论碰到怎样的烦心事，回到住处后就能得到解脱。只要逃回屋，那里就是她的个人世界，可以随心所欲地发挥想象并且沉浸其中。那里有最好的朋友、理想的恋人以及狂热的崇拜者。她可以如愿变身为富有魅力的女性。

然而——

有生以来第一次造访的这个小岛、这座别馆、这个房间——终于可以独处了，内心却无法平静。

她悔不当初，要知道这样就不应该来。

对她而言，这次的旅行具有特殊意义。

角岛、十角馆……另外那些人意识到了吗？

她很清楚，这个岛是去年一月因大家疏忽而死的那个女生的家。

中村千织是她迄今为止唯一能够敞开心扉的朋友。同样的学院，同样的年级，同样的年龄……第一次在教室遇见时就感觉她和自己是同类人。千织想必也有一样的感觉，两人脾气相投，经常到对方的房间谈天说地。

我爸爸是个怪人，住在一个叫角岛的离岛上——有一次千织这样说过，还说不愿意让别人知道这件事。

千织死了。而我们这些人来到了她的出生地——这里还是她父母的遇难地。

这不是亵渎，而是追悼。

她这样告诉自己。

她认为自己知道这件事就够了，不打算告诉另外几个人，只希望能哀悼千织的死，安慰她的在天之灵……

可是，我有这个资格吗？这难道不是我的自以为是吗？这样莽撞地来到这个岛上，还是对死者的亵渎吧？

辗转之间，她昏昏沉沉地睡着了。半梦半醒之间，她被现实与非现实交织的梦缠绕，所有的背景都是昨天在岛上见到的。

就这样，在朦胧之间，她醒了过来。

借着从百叶门透进来的微弱光线，她环顾四周，一时分辨不清如今身处何处——梦境还是现实。

地板上铺着蓝色地毯，床固定在窗户的左边，右边靠墙依次摆放着书桌、衣柜、穿衣镜等家具。

奥希兹慢慢起身，下床打开了窗户。

外面的空气带着一股凉意。

天空中是一片淡淡的薄雾，耳边响起平静的海浪声。

看了一眼放在枕边的手表——八点。

她终于意识到现在是清晨。

关上窗户后，奥希兹开始换衣服。

黑色的短裙，白色罩衫上套一件胭脂色的英伦风格菱形格子毛衣。她不愿意正面审视自己，每次穿好衣服后，都只是对着镜子匆匆一瞥。

准备好洗漱用品后，奥希兹走出房间。

看来别人都没起床，和昨天晚上的喧闹形成鲜明对比，十角形的大厅里悄然无声。

然而——

奥希兹发现收拾干净的桌子上有一件没有见过的东西，反射着从头顶上方天窗里照进来的阳光，一瞬间让人眩目。

奥希兹诧异地走到十角形桌子旁边，看清了摆放在上面的东西后。她倒吸了一口冷气，站在原地一时不知如何是好。

“……这是什么？”

她伸出手，又赶紧缩了回来。

大惊失色之下，她顾不上洗脸，冲向阿加莎的房间。

2

第一被害者

第二被害者

第三被害者

第四被害者

最后的被害者

侦探

凶手

七块宽五厘米、长十五厘米的乳白色塑料板上，分别用红色标注着这样一些文字。

“这到底是什么恶作剧？”

埃勒里愕然地眨了眨眼，嘴角浮现出一丝笑容。

只有两位女生换好了衣服，另外五名男生被阿加莎大声唤醒后，只是在睡衣外面随便披了一件衣服。

“这个玩笑开得真不错。谁干的？”埃勒里向所有人发问。

“不是埃勒里你自己吗？”

“不是我，勒鲁。是卡尔或者阿加莎吧？”

“不关我的事。”

“也不关我的事。”阿加莎板着脸说，“不是范吧？”

“我什么也不知道。”范用手揉着浮肿的眼皮，摇摇头。

“是阿加莎发现的？”

“不是，第一个发现的是奥希兹——莫非是奥希兹？”

“我不知道。”奥希兹逃避似的垂下眼皮。

众人的视线集中在剩下的一个人身上。爱伦·坡板着长满胡须的脸。“我在此声明，我对此一无所知。”

“到底是谁？”埃勒里耸了耸肩膀，“开玩笑也要适可而止。”

没有人说话。

在尴尬的沉默中，七人面面相觑。

“埃勒里，”爱伦·坡开口了，“干出这种恶作剧的，不是你就是阿加莎。”

“别胡说八道，我说了不是我。”

“也不是我，你太过分了。”

大厅再次陷入一片寂静。

沉默逐渐使众人不安起来，他们互相打量着对方的神情，希望有人能失声大笑，然后突然跳出来承认。

令人窒息的寂静中，只听见远处传来的海浪声。

“我发誓，不是我做的。”片刻之后，埃勒里打破了僵局，他不苟言笑地问着每一个人，“真的没有人承认吗？我再问一次——范？”

“我不知道。”

“阿加莎？”

“我说了不是我！”

“卡尔？”

“哼，我怎么可能知道！”

“爱伦·坡？”

“不知道。”

“勒鲁？”

“开什么玩笑！”

“奥希兹？”

奥希兹怯生生地摇了摇头。

谁也没有再开口，海浪声撞击着七个人的耳膜，和七个人各自的不安形成共鸣，无法抑止地渐渐高涨起来。

“好吧！”埃勒里撩起鬓角的头发，“凶手——可以这样称呼吧？毫无疑问，就在我们当中。没有人承认，说明有一个，或者几个居心叵测的人混在我们当中。”

“居心叵测？”

听到阿加莎的提问，埃勒里冷冷地回答：“这还不清楚？有人在策划阴谋诡计。”

“别打马虎眼了，埃勒里。”卡尔嘲讽地撇了撇嘴，“你就明说吧。这就是所谓的杀人预告。”

“别自以为是！卡尔！”埃勒里提高声音，睨视着卡尔，“慎重起见，我再问一遍，真的没有人承认吗？”

所有人互相注视着，点了点头。

“行了。”埃勒里收起桌上的七块塑料板，在椅子上坐下，“你们也坐下来吧。”

六个人陆续坐下来后，埃勒里的嘴边又浮现出惯有的微笑。

“阿加莎，能麻烦你泡咖啡吗？”

“没问题。”阿加莎往厨房走去。

埃勒里轮流打量着围坐在桌边的五个人，再看看自己手里的塑料板。谁也不知道该说什么。

没过多久，阿加莎用托盘端着七杯咖啡从厨房里走了出来。接过冒着热气的十角形杯子，埃勒里先喝了一口。

“好了。”埃勒里在睡衣上罩了一件绿色对襟毛衣，他把手插在口袋里，环顾大家，“这个岛上只有我们七个人，也就是说把塑料板摆放在这里的人就在我们当中。照理应该如此。可是，每个人都说自己不知情，说明我们当中有人心怀鬼胎，把塑料板放在这里后，有意掩盖自己的所作所为。

“你们也看到了，这几块是塑料板，上面的哥特式字体是用红色涂料喷上去的，光凭这一点不足以成为找出凶手的线索。”

“可是，埃勒里。”勒鲁开口了，“艺术字体不是每个人都能写出来的，在一定程度上要学过才行。”

“如此说来，奥希兹最可疑了？”

“埃勒里，我不是这个意思……”

“我们当中，学过绘画、最擅长写艺术字的就是奥希兹。奥希兹，你有反对意见吗？”

“——不对，不是我。”

“很遗憾，这句话不能成为反对的理由。”

奥希兹把手贴在涨红了的脸上，蓦地抬起眼睛。

“现在市面上到处可以买到现成的美术字，利用模型喷漆，任何人都可以……”

“OK。说得很好。略懂绘画的人都可以做到，我就是其中之一，爱伦·坡和范也是。”

埃勒里微笑着把热咖啡一饮而尽。

“能从塑料板找到线索吗？”

勒鲁伸过手拿起一块板。

“边缘切割得很粗糙啊。”

“应该不是成品，是用线锯之类的东西切割出来的。”

“是不是用了垫板？”

“勒鲁，你去超市的木工部看看就明白了，大小颜色不同的各种塑料板应有尽有。”

埃勒里把勒鲁拿过去的那块板放回原处，用洗牌的手势把这几块板叠放在一起。

“暂且收起来吧。”

说完他走向厨房，另外六人的视线紧紧地追随着他。

埃勒里没有关上对开的门，他站在碗柜前，找到一个空抽屉，把塑料板全部放了进去。随后，他转身走了出来，宛如暹罗猫一般幽雅地伸了个懒腰。

“哎呀呀，看看我们的德行。”他张开双臂，低头看自己的穿着，“反正也睡醒了，都去梳洗干净，换件衣服吧。”

埃勒里走进自己的房间后，大厅里剑拔弩张的气氛顿时缓解下来。

六个人唉声叹气，纷纷站起身。四名男生回到各自的房间，而奥希兹和阿加莎一起心神不宁地走进了阿加莎的房间。离开大厅之前，谁也没有再看一眼装了七块塑料板的抽屉。

三月二十七日，星期四。他们就这样迎来了在岛上的第二天。

3

正午过后——

吃午饭的时候，没有人提到今天早上发生的事。

如此不吉利的杀人预告，让众人没有心情开玩笑；然而，深入地加以讨论，又未免脱离现实。每个人都挂念着厨房的那个抽屉，都假装若无其事地偷窥着对方的表情。

吃完阿加莎和奥希兹做的三明治，大家陆陆续续地离开座位。

第一个站起来的是卡尔。他不住地抚摸着刚刮过胡子的长下巴，拿了两本平装书，独自走出了大门。随即，爱伦·坡和范同时站起来，走进爱伦·坡的房间。

“好了，我继续拼图。”爱伦·坡粗声粗气地说着，一屁股坐在地板上。

十角馆的七间客房都是相同造型。爱伦·坡的房间里铺着蓝色地毯，正中央散落着没有完成的拼图。

“有两千块啊？在这几天里能拼完吗？”

范跨过拼图往里走，坐在床边。

爱伦·坡噘起胡子拉碴的嘴唇。“我会拼好的，你等着瞧吧。”

“你还要去钓鱼吧？还要写稿件。”

“时间有的是。现在重要的是找到这个东西的鼻子。”

拼图已经大致完成，大小不到一张榻榻米，旁边放着印有图样的盒盖。爱伦·坡瞅着这幅图，不停地扒拉着散落一地的小片。

图案是在草原上玩耍的六只狐狸，五只可爱的小狐狸围在母狐狸身边。眼下爱伦·坡的课题是要找到其中一只小狐狸的鼻子。

“——呃？怎么了，范？”

爱伦·坡发现范把双手放在膝上，有气无力地低着头，不禁担心地问。

“还是不舒服吗？”

“嗯，有一点。”

“那个盒子里有体温表，你测一下温度。来，躺下吧。”

“谢谢。”

范把体温表夹在腋下，瘦削的身体躺在床上。他一边抚弄着柔软的褐色头发，一边看着爱伦·坡。

“喂，你怎么看？”

“唔？——啊，找到了，就是这个。”爱伦·坡抓出一个小片，“太好了太好了——你说什么了，范？”

“今天早上的那件事，你怎么看？”

爱伦·坡停下手，在地上坐直。

“那件事啊？”

“果真不是一般的恶作剧吗？”

“我认为是恶作剧。”

“可是，为什么没有人承认？”

“也许好戏在后头。”

“好戏在后头？”

“啊，这个玩笑也许还没结束。”爱伦·坡把食指伸到胡须中，抓着下巴，“我反复琢磨，说不定今天晚上谁的咖啡里被放了一把盐，这就是所谓的‘第一被害者’。”

“——哈哈。”

“‘凶手’就这样沾沾自喜地连环‘犯罪’，大张旗鼓地进行‘杀人游戏’。”

“有道理，杀人游戏啊。”

“这个解释或许很荒唐，但是比起诚惶诚恐地担心这是杀人预告更现实。”

“不错，又不是写小说，不可能轻易发生杀人案——嗯，肯定是这样。爱伦·坡，这个游戏的凶手是谁呢？”

“这个嘛，最有可能想到这个游戏的是埃勒里，不过他更适合担任‘侦探’。”

“我记起来了，昨天埃勒里声称‘有人挑战我吗’，这是有人应战吗？”

“很难说。这样一来，就是说当时在场的我和你，还有勒鲁，当中的一个是凶手。可是那些塑料板是事先就准备好了的吧？”

“是吗？除了埃勒里，有可能这样恶作剧的，是勒鲁和阿加莎……”

“不，说不定就是埃勒里，他兼任侦探和凶手。”

“听你这样分析……今天早上，他得心应手地掌控了主导权。”

“唔——体温表呢，范？”

范坐起身，从毛衣领口取出体温表盯着看了一会儿，闷闷不乐地还给爱伦·坡。

“果然在发烧。”爱伦·坡看着范的脸，“嘴唇很干。头痛吗？”

“有一点。”

“今天你好好休息。带药了吗？”

“我带了在药店买的药。”

“那就好。今天晚上也尽量早一点睡觉，万一在旅行中延误了，病情会加重。”

“遵命，医生。”范哑着嗓子回答之后，仰面躺在床上，茫然地盯着天花板。

收拾完餐具后，阿加莎和奥希兹拿出红茶包，各自泡了一杯，之后坐在一起休息。

“啊啊，还有六天，做七个人的饭真不容易。”阿加莎在椅子上伸了个长长的懒腰，“真讨厌，奥希兹，你看我的手，被洗洁精弄得这么粗糙。”

“我有护手霜。”

“我也带了，每天涂护手霜，做按摩护理。”

“好像公主的手。”

阿加莎解下头巾，嗤嗤地笑了，脸上漾起一个小酒窝。奥希兹捧起墨绿色的十角杯放在嘴边。

“喂，奥希兹。”阿加莎看了一眼厨房，突然转换话题，“那些塑料板是怎么回事呢？”

奥希兹浑身一抖，默默地摇了摇头。

“今天早上我一直提心吊胆，不过仔细一琢磨，觉得只是个恶作剧。对吧？”

“——我不清楚。”奥希兹的眼神惴惴不安，“大家都说不知道。有什么好隐瞒的呢？”

“就是这一点，奥希兹。”

“呃？”

“大家把问题严重化了。其实，凶手不过是羞于承认而已，不是吗？”

“我不知道。”

“那么，你认为凶手是谁？”

“这个嘛——”

“也许就是埃勒里。不过，他不是那种脸皮薄的人。那么，呵呵，说不定是勒鲁这个公子哥。”

“勒鲁？”

“看他的性格就知道。他满脑子只有推理，可能一时淘气来个恶作剧。”

奥希兹垂下眼帘，不置可否。她缩着浑圆的肩膀，自言自语着。

“我害怕。”

这是她的真实想法。那些塑料板——无论如何无法认为这是一个单纯的玩笑，相反，奥希兹从中感觉到强烈的敌意。

“果然……不应该来这个岛。”

“你说什么丧气话？”阿加莎嫣然一笑，“喝完茶，去外面呼吸新鲜空气吧。这个大厅在白天也阴沉沉的，周围的十面墙更是怪异，所以让人不免多虑。对吧？”

坐在海湾的栈桥上，埃勒里凝望着深蓝的海水。

“实在让人担心啊，埃勒里。”站在旁边的勒鲁说。

“呃？”

“你明知故问，不就是早上的那些塑料板吗？”

“啊。”

“不会说，埃勒里你就是凶手吧？”

“别胡说。”

从刚才开始，埃勒里就心不在焉。无论勒鲁说什么，他连头也不回。

“可是，连‘侦探’和‘凶手’的牌子都做好了，感觉是你的风格啊。”

“关我什么事！”

“别这么粗鲁，我不过随口说说。”勒鲁耸了耸圆滚滚的肩膀，蹲在地上，“反正，那不就是个恶作剧吗？你不同意吗？”

“不同意。”埃勒里断然回答，把双手塞进大衣口袋，“我当然希望这是个恶作剧。”

“为什么不是呢？”

“没有人承认是自己干的。”

“这很正常。”

“但是，你不认为手法太讲究吗？”埃勒里回头盯着勒鲁，“如果用签字笔在图画纸上面随便写写，还说得过去；可是特意把塑料板切成同样大小，制作哥特式字体的模板，还用红色涂料……如果是我，仅仅出于吓唬大家的目的，不会这样煞费苦心。”

“你说得不是没道理……”勒鲁摘下眼镜，娴熟地擦拭镜片，“你的意思是真的会发生命案吗？”

“我认为很有可能。”

“这、这是怎么回事？你说得倒是干脆啊，发生命案就意味着死人，被杀死，而且死的不是一个人。假设那些塑料板是杀人预告，那么‘被害者’就有五个人。怎么可能呢？”

“你觉得很荒谬吗？”

“很荒谬，又不是小说或电影。你认为那些塑料板和‘印第安玩偶’的作用一样？如果‘凶手’把‘侦探’都杀了以后再自杀，这不就和《无人生还》如出一辙吗？”

“就是这么回事。”

“首先，我们为什么会招来杀身之祸，埃勒里？”

“你问我，我也不可能知道。”

两人沉默下来，凝望拍打着岩石的海浪。和昨天相比，现在的心情躁动不安，波浪的声音躁动不安，水色也更加阴暗。

片刻之后，埃勒里慢腾腾地站起身。

“我要回去了，勒鲁，这里很冷。”

4

浪涛声震耳欲聋，直冲云霄。

声响宛如狂暴巨人的鼾声，让动荡不安的人心越发惶恐。

刚吃完晚饭，十角馆的大厅已是一片昏暗，只有微弱的灯光摇曳。

“你们不觉得这里阴森森的吗？”阿加莎一边给大家端咖啡，一边问道，“都是大厅墙壁惹的祸，人的视觉都不正常了。”

十面白墙壁之间的角度应该是一百四十四度，然而在光线影响下，墙面呈现出曲面或锐角的既视感。大厅中央的十角形桌子自始至终保持十角的形状，越发反衬得大厅格外的扭曲。

“真的呢，让人头晕目眩。”范揉着充血的眼睛。

“早点睡吧，范，你的脸色很差。”爱伦·坡提醒道。

“还没好？”阿加莎把手贴在范的额头上，“在发烧呢。范，这可不行，快去睡吧。”

“没关系，才七点钟。”

“不行，别忘了这里是无人岛。没有真正的医生，万一病情加重就不妙了。”

“唔。”

“吃药了吗？”

“睡觉前吃，那种药吃了就想睡觉。”

“那么你现在吃了赶紧去睡觉。小心驶得万年船。”

“知道了。”

范就像一个被母亲责骂了的孩子，老老实实地站起来。阿加莎从厨房里拿来水壶和杯子递过去。

“那么我先睡了。”范往自己的房间走去。

就在此时——

“这么早就回去，你到底在阴暗的房间里做什么？”卡尔恶声恶气地说。

听到这句话，范搭在门把上的手瞬间停滞。他回头看着卡尔。

“我只是睡觉而已，卡尔。”

“哼，我总觉得你在房间里一个劲地磨刀。”

“你说什么？”

卡尔对愤怒的范报以两声冷笑。

“我认为今天早上的杀人预告是你搞的鬼。”

“范，别理他，快去睡吧。”埃勒里打起了圆场。

“等等，埃勒里。”卡尔拖长声音，絮絮叨叨地说，“在这种情况下，你不认为应该首先怀疑范吗？”

“是吗？”

“你想想，像这次一样，若干人聚集在某一个地方，假设发生了连环杀人案，聚会的招待者或主办人多半就是凶手，要不然就是参与了犯案。”

“这是推理小说中的情节。”

“杀人预告的塑料板正是推理小说中的道具，是凶手耍的花招。我这样推测有什么不对吗？”卡尔抬起下巴，“怎么样，招待者范？”

“玩笑别开得太过了。”范夹着水壶和杯子，暴跳如雷地反驳，“你给我听好了，我并没有招待你们，只是跟你们说了一声我伯父买下了这里。旅行的主办人是下一任总编勒鲁。”

“没错。勒鲁和我商量后，是我积极组织在座各位参加这次旅行的。”埃勒里掷地有声地说，“如果怀疑范，同样，我和勒鲁都有嫌疑，否则在理论上解释不通。”

“我讨厌那些在人死了以后，才慌里慌张空谈理论的名侦探。”

埃勒里表情夸张地耸耸肩膀。

“招待者是凶手的模式太普遍了，不是一个成熟的凶手应该采用的手段。如果是我，在接受招待的时候，就会想方设法利用这次机会。”

“一派胡言！”爱伦·坡粗暴地揿灭吸了一半的香烟，气势汹汹地吼起来，“什么侦探凶手，你们根本混淆了现实和小说。喂，范，别跟这些脑子进水的人掺合在一起，去睡觉吧。”

“你说我脑子进水？”卡尔对爱伦·坡怒目而视，停下晃个不停的脚，“我怎么脑子进水了？”

“难道我说错了？拜托你有点常识。”爱伦·坡又点燃了一根香烟，“首先，你们的争论没有任何实际意义，我们这群人又不是第一次聚集在一起。当然，按照卡尔说的，范有可能是凶手，设下圈套诱使我们上钩；埃勒里或者勒鲁也有可能是凶手，主动计划了这次的旅游；还有可能是卡尔，你利用这次机会图谋不轨。在这里凭空讨论，有无数种可能性，对吧？”

“爱伦·坡说得太好了。”阿加莎说，“你们的争论根本无济于事。”

“还有一点。”爱伦·坡悠然地吐着烟圈，“你们断定那是杀人预告，可是我认为这个观点本身大错特错。热衷推理游戏的一群人聚集在这样一个有故事的地方，为什么不能把那件事理解为游戏的一环呢？比如说……”爱伦·坡复述了一遍白天对范阐述过的那番推理。

“就是这个，爱伦·坡前辈，就是这个。”勒鲁喜滋滋地双手击掌。

“在咖啡里加盐啊。”埃勒里把手背在后脑勺，靠在椅背上，“如果当真是在咖啡里加盐，我要向凶手致敬。”

“盲目乐观！自以为是！”卡尔绷着脸，怒气冲冲地走回了房间。之后，范也哑着嗓子说了声“晚安”，就回到了自己的房间。

“我真期待揭晓谁是凶手的那一刻。”阿加莎对奥希兹报以微笑。

“嗯——是啊。”奥希兹垂下眼皮，小声回应。

埃勒里从口袋里掏出蓝底单车扑克，在桌上一字摊开。

“谁是‘第一被害者’呢？这个游戏看来很有意思啊。”

这也许反而证明了埃勒里心底挥之不去的不安。似乎所有人都对爱伦·坡的意见深信不疑，今天早上的惶恐消失得无影无踪。

然而——

此时在岛上，至少有一个人心知肚明——杀人预告的塑料板的的确确是真实存在的。

第四章　第二天·本土

1

汽车沿着十号线往西驶去。

江南不时抬眼斜睨手握方向盘的岛田洁，不知为何，每次都哑然失笑。

和尚主持三少爷的车——红色马自达福美来。和昨天红毛衣配牛仔裤的装束截然相反，岛田今天穿了一身灰色西装，鼻子上架了一副时髦的太阳眼镜。这种不伦不类的打扮在岛田身上得到了奇妙的融合。

据岛田介绍，下落不明的园丁吉川诚一的妻子名叫政子，现在仍然居住在安心院附近。他上午查明了具体地址，顺便约好了见面时间。

从别府进入山边小道，穿过明矾温泉。

在狭窄的道路两旁是一排茅草屋，草隙间冉冉冒出白色水蒸气，沐浴用的“硫华”就是在这里采集的①。

①硫华是一种出现在地热区的矿物晶体，在日本被视为“汤之花”。

没过多久，两个人来到了通往宇佐郡的山道前。

“江南，你这边的情况怎么样？”岛田开口询问。

“啊，对不起，没有及时向您汇报。”

正倚着车窗眺望风景的江南抓抓头，坐直了身体。

“我还没有和所有人取得联系，但是可以认定，参加了第三轮酒会的人都收到了那封信。”

“唔……其中有几个人去了角岛？”

“因为这些人大部分是一个人在外头住，所以不能确定。不过，大概除了中途退场的守须和我……”

“果然深藏玄机啊。”

“我也有同感。假如现在守须在这里，他会说考虑问题必须更慎重，也许真相恰恰相反。”

“相反？”

“嗯。也就是说，参加了第三场酒会的人并不是碰巧去了角岛，他们之前就经常聚在一起——一起参加第三场酒会，也一起去角岛。因此，不能断定那封信和他们的角岛之行有必然联系。”

“嗬，很微妙的理论啊。”

“他凡事都很慎重，认死理，所以做什么事都要三思而行。”

“可是他昨天俨然是个积极的侦探。”

“是啊。说老实话，我昨天很吃惊。不过他确实很聪明……”

在江南还没有退会之前，江南孝明和守须恭一是一对好搭档。

江南好奇心旺盛，精力充沛，一旦对某件事有兴趣就摩拳擦掌。然而，他自己也很清楚，太过旺盛的好奇心往往导致思维短路，考虑问题不充分，而且兴趣来得快去得也快，只有三分钟的热度。

另一方面，尽管守须在另外一种意义上也是个充满热情的人，平日却很少流露出来。他总是在内心反复斟酌，得出合理解释后再展开行动。正因如此，对江南来说，守须不仅是朋友，也是制止他冲动行事的忠告者。

“暂且让我体会一下当安乐椅神探的感觉……”

这是守须的一贯作风。江南并非妄自菲薄，但却发自内心地认为自己只适合担任华生的角色，出演福尔摩斯的是守须。

可是——想到这里，江南再次看了一眼岛田。

“这个人应该不会甘当华生或雷斯垂德警官吧？”

车很快就开到了视野开阔的高原，斜坡上草木丛生，高低起伏的山坡绵延不绝。

“左边的山是鹤见岳吧？”

“啊，听说最近成了驾驶滑翔机的胜地。”

“离安心院还有很远吗？”

“过了前面的下坡路就到了宇佐郡，然后再翻过一个山坡就是安心院高原。现在是一点半，三点之前应该能到。”

江南双手叉腰，挺直脊背，张大嘴打了个哈欠。

“江南，累了吗？”

“我是个夜猫子，早上起不来。”

“你睡一觉吧，到了我叫你起来。”

“不好意思，那么……”

江南放倒椅背后，岛田加大了油门。

2

出现在大门口的吉川政子与江南想象得大不相同——身穿得体的碎花和服，举止端庄，和颜悦色。丈夫因为一己私念连杀四人后销声匿迹——在这种先入为主的观念下，江南本以为她会是个难以接近的女人。

她大约四十来岁，也许是因为心力交瘁，面容十分憔悴。

“我是今天打过电话的岛田，冒昧前来打扰真不好意思。”岛田对吉川政子深深鞠了一躬。

“您是红次郎先生的朋友啊。特意远道而来，辛苦了……”

“阿红——不，听说您认识中村红次郎？”

“对，先生很照顾我。您大概也知道，我和吉川结婚之前在角岛工作过，这份工作就是红次郎先生介绍的。”

“原来如此。您是在那里和您丈夫相识的吗？”

“没错，我丈夫从那个时候开始，经常出入蓝屋。”

“这里是您丈夫的老家吗？”

“对。结婚后我们在O市居住过一段时间，后来他父母身体不好需要有人照顾，我们就回来了。”

“你们要到这么远的地方去工作，真不容易啊。”

“搬到这里以后，我丈夫就辞去了其他工作，只负责角岛蓝屋和别府红次郎先生两家。”

“啊，阿红家也由您丈夫打理吗？”

“是。”

“今天来拜访是因为这封信——我朋友江南收到了这样一封信。”岛田拿出江南交给他的信。

“这是——”

“有人盗用已故的中村青司先生的名义写了这封信。红次郎先生也收到了类似的信。”

“——啊。”

“因此，我猜测可能和角岛事件有关联，不知道您是否能提供一些线索？”

政子一时不知所措，片刻之后才抬起眼睛。

“请进来，别站在外面说话。顺便为我先生上一炷香……”

岛田和江南被带到昏暗的客厅。

两个人和政子面对面坐下。在政子的身后，透过敞开的拉门可以看到一个小小的佛坛，一个泛着灰白色光亮的牌位格外显眼。

“想必你们有所耳闻，最终也没有找到我丈夫的下落。上个月我终于死了心，为他举办了一场葬礼。”政子擦着眼角说。

“夫人，您丈夫没有活着的可能性吗？”

“如果他还活着，一定会和我联系。”

“可是——”

“我希望你们知道，我丈夫绝对做不出那种丧尽天良的事。外面有很多流言蜚语，可是我压根不相信，了解我丈夫的人也都这么说。”政子掷地有声地表达着自己的意思。

岛田认真地点了点头。“听说您丈夫在蓝屋被烧毁的前三天上了岛，准确是哪一天？”

“九月十七日早晨从这里出发的。”

“从十七日到二十日着火的这三天里，他和您联系过吗？”

“十七日那天下午联系过一次。”

“电话吗？”

“对，告诉我他平安抵达了角岛。”

“当时有什么不对劲的地方吗？”

“和平时一样。不过，他告诉我夫人生病了。”

“和枝夫人吗？”

“对。我丈夫没有看见夫人，听青司先生说夫人卧病在床。”

“啊。”岛田揉着鼻尖，噘着嘴问，“问一个十分冒昧的问题，您丈夫是否对和枝夫人很有好感……”

“我和丈夫都十分仰慕夫人。”政子脸色苍白，“刚才我也说过，我丈夫绝对不像外面传说的那样会做出那么残忍的事。说什么对夫人心存歹念，太离谱了。而且——”

“而且什么？”

“猜测我丈夫企图夺取青司先生的财产也完全是无稽之谈，青司先生的财产已经……”

“已经？您是说他已经没有什么财产了？”

"我多嘴了。"

"不，别介意，我理解您的心情。"岛田眼睛一亮，喃喃自语，"青司没有财产啊。听说青司先生和红次郎先生并不和睦，这一点您怎么看？"

"怎么说呢？"政子迟疑地回答，"青司先生是个性格古怪的人……"

"红次郎先生去过角岛吗？"

"我在角岛工作的时候，红次郎先生经常来玩，可是后来就再也没去过了。"

"您在那儿工作的时候……唔，原来如此。"

"请问，"一直默默倾听两人对话的江南开口问道，"您知道中村千织那件事吧？我和她在同一所大学……所以收到了刚才那封信。"

"千织小姐吗？"政子的视线落在黑旧的榻榻米上，"我到现在仍然清晰地记得她小时候的容貌。离开角岛后，我丈夫有时候会提起小姐——真惨啊，还那么年轻就遭遇不测。"

"千织在岛上住到什么时候？"

"应该是上幼儿园的时候被寄养在外祖父家。我丈夫说小姐很少回去，通常是夫人去O市和她见面，她是夫人的掌上明珠。"

"青司先生呢？"岛田探出身子，"身为父亲的青司先生对女儿怎么样？"

"这个——"政子难掩狼狈，"据我所知，青司先生不太喜欢孩子。"

3

和政子谈了将近两个小时，离开安心院的吉川家时，已经过了五点。在路上吃完晚饭后，两个人九点多才回到别府。

长时间的驾驶让岛田疲惫不堪，与对面的车错车时，江南听见他心烦意乱的咂嘴声。

“去阿红家看看吧。”

“没问题。”江南嘴里说着，心里却老大不乐意。离开安心院后，他一直被强烈的虚脱感所折磨。

大部分原因来自睡眠不足以及身体的疲劳，同时也不能否认精神上的沮丧。

兴致勃勃地大老远来到这里，却没有多大收获，虽说原本也没指望获得明确的解答，却暗暗期待能得到一些秘密情报。然而……

（……比如说，）江南对自己的想法感到厌恶，（如果吉川政子也收到了青司的信，自己是否会感到满意呢？）

江南深知自己的性格忽冷忽热，其实就是个没有长大的孩子。孩子总是希望得到新玩具，自己也一直在追求刺激，一旦觉得无趣，就会立刻撒手不干……

没多久，车来到了铁轮的红次郎家。

杏黄色的月亮从薄薄的云层露出脸来，挂在鸦雀无声的夜空中。

岛田按响了门铃，隐约听见室内响起门铃声，却没有人回答。

“奇怪啊，明明亮着灯。”岛田不解地小声说道，又按响了门铃，还敲了几下门。

“已经睡了吗？”

岛田本来打算绕道屋后一看究竟，回头发现江南倚在门框上，疲惫地垂下眼皮。

“算了，下次再来——对不起，江南，白跑了一趟。你也累了，我们回去吧。”

汽车开出国道，往 O 市疾驰而去。

岛田打开车窗，夜风席卷着海水的味道迎面而来。

“江南，冷吗？”

“不，不冷。”江南依然无法摆脱空虚感以及对自己的厌恶。

“对不起，今天让你跑了一天。”

“没关系，我才对不起您呢。我……全身没力气。”

“别介意，你也累坏了。”岛田心平气和地宽慰江南。他单手握着方向盘，另一只手揉着疲惫的双眼。“我也有种落空的感觉，不过在另一方面，又觉得不枉此行。”

“怎么说呢？”

“所谓的落空，是指有关吉川诚一的音讯。我原本以为吉川仍然活着，并且和妻子保持联系，可是看来他妻子已经彻底放弃了。”

“岛田先生，吉川失踪了半年，他妻子就认定他死亡，甚至举办了葬礼，您不认为其中有文章吗？”

“你的分析有一定道理，可是我认为政子不像在说谎，反而像是个诚实善良的人。”

“是吗？”

“我看人很准的，也许这就是和尚的直觉吧。”岛田呵呵一笑，“总之，我的期望落空了——江南，给我一支烟。”

“烟？”江南不敢相信自己的耳朵，反问了一句。他从来没有见过岛田抽烟。

“七星烟可以吗？”

江南把烟盒递过去，岛田注视着前方，灵巧地抽出一支放进嘴里。

“我以前是个老烟枪，几年前肺出了毛病，之后就很少抽了，一天只抽一支——我在怠慢的生活中，唯独严格遵守着这一点。”

点燃之后，岛田惬意地吞云吐雾起来。

“说到收获，首先是青司的财产所剩不多这一点。如果这是真话，吉川是凶手的动机就很难成立了。”

“暗恋和枝夫人这一点呢？”

“这一点从最开始我就感觉很牵强。有一次和阿红谈起来，他曾经断定和枝夫人不是那种随便的女人，还说吉川为人正直，不可能打夫人的主意——这点阿红和政子的意见相同。”

“岛田先生认为吉川不是凶手？”

“很有可能不是吉川。”

岛田恋恋不舍地把手里的烟蒂扔进烟灰缸。

“另外一点，从今天的谈话中，我感觉青司和阿红交恶的原因在于和枝夫人。”

“和枝夫人？”

“假如她和别的男人有私情，那么这个对象不是吉川，而是阿红。”

“红次郎先生跟和枝夫人？”

“唔，仔细一想，很有可能。去年那起事件发生后，阿红悲痛欲绝，有一两个星期把自己关在家里闭门不出。现在回忆起来，他难过的不是青司，而是和枝夫人。”

“那么，岛田先生，事件的凶手是……”

“我有了一个想法，总有一天会告诉你……我们要把今天的成果告诉守须吧？”

“啊，是啊。”

江南看了一眼仪表盘，上面的时钟指着十点四十分。

沿着海岸通向O市的国道上，汽车稀稀落落。红色尾灯之间，庞大的黑色卡车向前行进着，平行的铁道线上只见长长的列车灯光……

“虽然他让我们打电话，不过反正是顺路，我们就去一趟吧。”

听到岛田充满期待的话语，江南似乎恢复了几分力气。

不知道岛田是不是已经看出了江南的心思，他眯起眼睛微微一笑。“守须这个名字也很不错啊。”

4

“我本来以为你经过这一天，就会厌倦侦探游戏。”守须把茶包放进杯子，一边往里注水一边调侃，“想不到你并没有啊，是因为岛田先生和你在一起的缘故吧。”

“被你看破了。”江南难为情地笑了笑。

“侦探阁下，先让我洗耳恭听你的调查报告吧。”

江南把今天得到的信息简单明了地作了介绍。

“唔，原来如此。”

守须泡了第二杯红茶，没有放糖就一饮而尽。

“——那么，明天有什么打算吗，华生先生？”

“是啊，做什么呢？”江南在地板上躺下，疲倦地用一只手撑着头，“坦白说，我很失望。枯燥无聊的春假很漫长，我每晚都靠打麻将来消磨时间。就在这个时候，我收到了‘死者的来信’，当然不能坐视不理。正在我起劲的时候……”

“喂喂，别那么无聊，光顾着分析自己，冷落了岛田先生。”

岛田抓着瘦削的下巴，笑嘻嘻地说：“借这件事来打发时间不是很好吗？比起忙得没时间锻炼想象力要健康得多。我和江南一样，如果不是每天无所事事，这把年纪怎么能一头扎进这里面呢。总之，就是好管闲事，凡事都要弄个水落石出。对了，守须——”

“啊？”

“我想听听安乐椅侦探的意见。”

“我猜到您会这么问。”守须舔了一下干燥的嘴唇，“昨天跟你们说话的时候我就有了一个想法，不过这还谈不上推理，完全是我单方面的猜测，所以您不要太当真。”

“唔，江南没说错，你果然很谨慎。请讲。”

“我虽然谨慎，这个想法却很大胆。说不定，岛田先生和我想得一样呢。”

“有可能。”

“那我就说了。也就是——”守须把目光移到江南身上，“我不理解你为什么没有想到这一点，角岛事件不就是弗朗西斯·里维斯总结的‘伯尔斯通诡计’吗？[①]”

江南惊呼起来：“言下之意是青司果然还活着？”

“我不能肯定，只觉得有这个可能性。”守须一边泡第三杯红茶一边说，“北村夫妇被人用斧头击中头部后被火烧焦，虽然难以辨认，但还套用不上‘无脸尸体’这个诡计；和枝夫人除了左手消失不见，其他地方，也没有可疑之处。值得深究的倒是青司的尸体。

“我没说错吧——那具尸体全身被浇上灯油烧得面目全非，不仅

①弗朗西斯·里维斯是美国的推理文学理论研究者。“伯尔斯通诡计”是一种推理小说中常见的利用死者摆脱嫌疑的手法，因出现在某篇福尔摩斯故事中而得名。

是脸部，就算身体上有旧伤痕或者手术的疤痕，也几乎辨认不清。我不知道警察根据什么断定那是青司本人的尸体，但是我认为不能否认那具尸体是其他什么人的可能性。再者，同一时间，有一名园丁离奇失踪。岛田先生——”

“有何吩咐，名侦探？”

“你是不是已经调查了，青司和吉川诚一的年龄和身高？”

“哈哈，不愧是守须啊，看到了问题的关键。”岛田乐呵呵地说，“吉川和青司同岁，当时都是四十六岁，都是中等身材，血型也都是A型——从尸体里检测到的当然也是A型血。”

“您是怎么调查到的这些信息？”

“哦，没对你说过吗？我在警察内部有熟人——守须，假如中村青司和吉川诚一被调包了，你打算怎样解读这起事件？”

“是啊。首先——”守须把手搭在额头上，凝望着半空，“最早被杀害的是和枝夫人，推定死亡时间为十七日至十八日之间；而吉川抵达角岛后打电话给政子是十七日下午，我认为当时夫人已经被杀了。青司对追问夫人情况的吉川说了谎，称夫人卧病在床，实际上他让夫人喝下安眠药后勒死了她。

“青司担心事情败露，下定决心杀人灭口。他给北村夫妇和吉川喝下安眠药，把他们捆绑起来后，在十九日用斧头砍死了北村夫妇。接下来，他把昏睡的吉川搬到和枝夫人的房间，解开绳索，可能还换上了自己的衣服，并且淋上灯油。最后，他一把火烧了房子，逃离了角岛。

“凶手青司就这样完成了和被害人吉川的调包，这是典型的‘无脸尸体’作案手法。不过，仍然有几点匪夷所思，我目前想到了四点。”

“唔，哪四点？”岛田催促他往下说。

“第一是动机。青司为什么要杀害共同生活了二十年的夫人呢？虽然可以解释为精神错乱，但也要有个精神错乱的原因才行啊。第二，昨天我也说过，就是失踪的左手。青司为什么要砍下夫人的手呢？他又怎样处理了这截断肢呢？第三，是犯罪时间的先后。他在十七日杀害了夫人，在二十日杀害了吉川，当中的这三天青司到底做了什么？最后，连杀四人的青司是如何逃离角岛的呢？他现在到底藏身在哪里呢？”

“基本上和我考虑的一致。”岛田说，“在你列举的疑点中，我至少能回答第一点。”

“杀害和枝夫人的动机吗？”

“对。当然，和你之前声明的一样，这也完全是我单方面的猜测。”

“——出于嫉妒吗？”

岛田抿着嘴，点了点头。

“即便是最普通的感情，在青司那种天才心中日积月累，也会发展为惊人的疯狂。江南——”

“什么事？”

“你记得吉川政子对中村千织的描述吗？”

“嗯，当然记得。”

“她说千织很少回角岛，没错吧？还说和枝夫人溺爱女儿，于是我问她青司对女儿怎么样。”

“她回答说青司不太喜欢孩子。”

“说明青司不疼爱女儿。”

“啊，对了，在千织的葬礼上，丧主的名字不是青司。”

“你们已经知道我的想法了吧？”

岛田轮流打量江南和守须。江南神色凝重地点点头，守须却皱起眉头移开了视线。

“你认为千织不是青司的女儿？”

“没错，守须。”

“那么，千织是谁的女儿？”

“中村红次郎。据政子回忆，她和吉川结婚之前在蓝屋工作的时候，阿红经常前往角岛，说明他们兄弟关系并不差，而阿红突然不再去角岛，正好是千织出生的那段时间。怎么样，守须？”

“我难以判断。”守须把手伸向玻璃桌上的香烟盒，“所以今天在回来的路上，您顺便去了红次郎的家？”

“对，我本来打算探探阿红的口风。”

“岛田先生，”守须坐立不安地说道，“我认为您不应该这样做。”

“哦，何出此言？”岛田惊诧莫名。

“恕我放肆，无论岛田先生和红次郎先生是多么亲密的朋友，也不应该打听别人的私生活。”守须镇定地注视着岛田，“我们三个人在这里畅所欲言无可厚非。可是，按照自己的推测去打探别人最不愿被人提及的隐私，我认为有失妥当。”

“可是，守须，提议当面拜访吉川诚一夫人的人可是你啊。”江南不甘地反驳。

守须叹息了一声。“我今天很后悔自己的失言，我一直纠结在好奇心和良心之间，昨天一时兴起——还是不应该以打听别人的私生活为乐。今天在山里面对佛像，我越发自责。”

说着，守须看了一眼画架，画布上的画已经用调色刀抹上了浓墨重彩。

“请原谅我的自说自话，岛田先生，我希望就此退出。我阐述了自己的推理，完成了安乐椅侦探的任务。”

岛田面不改色地说：“那么，你的结论是，青司仍然活着？”

“‘结论’这个说法并不恰当，我所说的无非是现在没有人指出的一种可能性。事实上，如果追问青司是否真的还在人世，我的回答是‘没有’。”

“那封信呢？你怎么解释？”

“大概是去了角岛的那些家伙中的某一个开的玩笑吧——喝茶吗？”

“不用了。”

守须在自己的杯子里倒满第四杯红茶。

“就算青司仍然活着，但千织是他并不疼爱、甚至是讨厌的女儿，他会写这封告发信吗？”

“啊——”

“另外，我认为长期在内心压制极端感情，其实是非常困难的。假设角岛事件的凶手是青司，他不仅对和枝夫人，而且对造成千织死亡的学生和弟弟红次郎先生也抱有杀意——杀意爆发杀害夫人之后，是不是应该在盛怒之下把红次郎和那些学生一起杀死呢？我不认为人的神经能强韧到如此地步，在隐身半年后散发威胁信开始复仇行动。”

“……”

“还有热水吗，守须？”

江南开口打岔的目的是不让无言以对的岛田太过难堪。

“没有了，我来烧吧。”

“不用，没有就算了。”

江南仰面躺在榻榻米上，双手抱在胸前。

“岛田先生和我都是闲人，你有你的原则，我们还是继续下去。”

“我没有命令你们停止。”守须的语气和缓了，“不过，我认为应该避免涉足别人内心不愿意被触碰的伤口。”

“我知道。”江南打了个哈欠，自言自语地说，“角岛上那些人现在怎么样了呢？”

他们当然无从知晓。

在相隔数条街道和一片大海的角岛上，杀意一触即发。

第五章　第三天·岛

1

醒来时已近中午——昨天半夜才睡，因此今天起晚了。

阿加莎一看手表，赶紧翻身起床，然而仔细一听，其他人似乎都没有起来。她又裹上毛毯，懒洋洋地趴在床上。

昨天晚上躺在床上已经是三点之后，除了先回房的卡尔和范，其他人也都一样。

就算是在旅行中，只有自己一人睡过了头也很不好意思——阿加莎放下心来，拿过放在床头柜上的香烟。

因为低血压的缘故，她早晨醒来后需要一个小时才能完全清醒。

可是——阿加莎心存狐疑，奥希兹也还没有起来吗？

虽说很晚才睡，但是奥希兹很少睡懒觉。是因为身体不适吗？还是起来后发现谁也没有出来，又折回自己的房间了？还是……

阿加莎看着冉冉升起的淡紫色烟雾——她喜欢抽烟，但是很少在别人面前抽。

第二支烟抽了几口后，阿加莎撑起软绵绵的身体。

她站在穿衣镜前，镜子里的自己身穿黑色罩衫和米色背心裙。确认自己穿戴整齐后，她拿起装了洗漱用品和化妆品的化妆包，走出房间。

正午时分的大厅里空无一人，昏暗中只有十角形桌子格外显眼。

阿加莎径直走向盥洗室，迅速地洗了脸并化好妆。回到大厅后，她开始收拾散落在桌上的茶杯、酒杯以及装满了烟头的烟灰缸。就在此时——

视线的一角恍惚有一个红色的影子。

……什么东西？

阿加莎把脸转过去的一瞬间反应过来，脸色顿时变得惨白。不出所料，白色木门上挂着一块塑料板，上面写着几个大字——“第一被害者”。

喀喀……阿加莎仿佛听到一阵声响，紧接着，她发出歇斯底里的狂叫。

背后的门嗵的一声打开了，率先冲出来的是卡尔。他似乎早已起床了，全身上下穿戴整齐。他一眼看见呆若木鸡的阿加莎，随即把目光转向阿加莎紧盯着的房门。

“那是谁的房间？”他大吼起来。

阿加莎一时不知该如何作答。塑料板遮住了挂在门上的门牌。

十角形大厅四周的房门陆续打开，所有人都飞奔出来。

“阿加莎，谁的房间？”卡尔又问了一遍。

“——奥，奥希兹。”

“什么？”

爱伦·坡弹冲向门口。他身穿睡衣，头发乱七八糟，用力撞向房门。

门没有上锁，一撞就开了。

房里一片阴暗，从百叶窗里射入的几缕阳光仿佛利刃般割裂着黑暗。

“奥希兹！”爱伦·坡颤抖着声音呼唤道，“奥希兹！”

奥希兹静静地躺在靠墙摆放的床上，胸口盖着毛毯，脸上覆着她自己的开襟毛衣……

“奥希兹！”爱伦·坡咆哮着冲到床边。躺在床上的奥希兹一动不动。

“怎么回事？奥希兹……”

爱伦·坡伸手掀开盖在她脸上的毛衣，宽阔的肩膀簌簌发抖。站在门口的五个人也想涌进房间一看究竟。

“别进来。”爱伦·坡举起双手恳求众人，“拜托，我不愿意让你们看见她的脸。”

五个人被他的气势压倒，停下脚步，站在门口一动不动。

爱伦·坡深吸了一口气，再次掀开毛衣，静静地检查奥希兹那再也不会感到羞涩的身体。

检查结束后，爱伦·坡把毛衣盖在奥希兹脸上，缓缓站起身，仰望着天花板，发出呻吟般的叹息。

“出去吧。”爱伦·坡回头看着大家，“这里是凶案现场，把门锁上吧。钥匙……”

“在这里。”埃勒里不知什么时候走进了房间，从窗边的桌子上拿来钥匙，“窗户的插销也没插好，怎么办？”

“锁上吧。走了，埃勒里。”

“喂，奥希兹怎么样了？”问这句话的是范。

爱伦·坡紧紧攥住埃勒里递过来的钥匙，低低地回答：“死了——被勒死的。”

“胡说！”阿加莎失声尖叫起来。

“是真的，阿加莎。”

“怎么会这样——爱伦·坡，我想看一眼奥希兹。”

“不行。”爱伦·坡闭上眼睛，痛苦地连连摇头。

“奥希兹是被勒死的，阿加莎。拜托，别看了，别忘了她是个年轻女生。”

阿加莎心领神会，爱伦·坡指的是尸体的惨状。她用力点点头，在爱伦·坡的催促下走出了房间。

爱伦·坡把手搭在门把上，准备关门——

有人横着插进来，气势汹汹地冲到爱伦·坡面前。

“你为什么急着把我们赶出来？”卡尔抬起眼睛睨视着爱伦·坡，“在某种意义上说，我们是处理杀人事件的专家，难免想亲自找出杀害奥希兹的凶手，请让我们仔细检查一遍现场和尸体。”

“浑蛋！”爱伦·坡气急败坏地呵斥道，“你要把快乐建立在同伴的死上面吗？交给警察处理！”

“你说什么梦话？警察什么时候来？你怎么通知警察？你还记得那几块塑料板吗？等到警察远道赶来的时候，除了‘侦探’和‘凶手’，所有的人都被杀光了！”

爱伦·坡不加理睬，试图用力关上门，卡尔强健有力的手制止了他的行动。

“爱伦·坡，你仔细想想，事情没这么简单，下一个被杀的可能就是你。”

“放手！卡尔！”

“难道有什么原因吗？你确信自己不会被杀？只有凶手才有这种自信。”

“你说什么？”

“噢，被我说中了？”

“你这个家伙！”

爱伦·坡冲上去揪住卡尔，卡尔扭过脸摆出迎战的架势。

“都给我住手！”范冲过去抓住卡尔的手臂，把他拽到门口。

“你要做什么？”卡尔涨红了大声叫唤。爱伦·坡瞅准机会一把关上房门上了锁。

“卡尔，你太过分了。”埃勒里不知何时从厨房拿过来剩下的六块塑料板，“很遗憾，我同意爱伦·坡的意见。”

2

“太荒谬了，有人在恶作剧吧？这不可能是真的。”

“勒鲁——”

“什么杀人啊，怎么可能呢？这肯定是一个噩梦，肯定在哪里出错了。”

“勒鲁，别说了。”阿加莎高声制止了他。

勒鲁的肩头一震，慢慢抬起头，无力地说了句“对不起”，垂下头，再也不吭声了。

六个人围坐在大厅的桌边。

谁也没有看对方一眼。坐在桌边的那个低头不语的短发女生不再出席，原本属于她的座位空荡荡的，格外刺眼。

“是谁杀了奥希兹？”

从阿加莎玫瑰色的唇间幽怨地吐出这几个字，声音回荡在寂静的室内。

“谁也不会承认‘是我杀的’。”埃勒里回应道。

“可是，凶手就在我们六个人当中。是谁杀了奥希兹？不要太过分了，别装糊涂！”

“如果这么轻易就承认，一开始就不会杀人了。”

“可是，埃勒里——”

“我知道，阿加莎，我知道。”埃勒里一拳砸在桌上，“我们必须找出凶手——怎么办，爱伦·坡？能不能把你了解的事实告诉大家？”

爱伦·坡踌躇片刻后，抿着厚嘴唇，深深地点了点头。

“刚才我也说过，她——奥希兹是被绞杀的。脖子上有一道很深的勒痕，上面缠绕着一根尼龙绳。不用说，肯定是他杀。”

“有抵抗的迹象吗？”

“没有。或许是在睡梦中被人袭击，又或许是凶手突然扑上去她来不及抵抗。头部没有被击打的痕迹，可能事先已经昏迷了。不过，有一点我无法理解。”

“是什么？”

“刚才你们也看见了吧，不知道出于什么目的，凶手似乎整理过尸体——让她仰面躺在床上，盖好毛毯，还把毛衣遮在她的脸上。这可以解释为凶手最后的良心，可是——”爱伦·坡眉头紧锁，“奥希兹的左手不见了。”

“你说什么？”

“这是怎么回事，爱伦·坡？”

“也就是说，左手被割掉了。”

众人一片哗然。爱伦·坡环顾一圈后，把自己的双手摊在桌上，他的手指上还残留着一丝黑色的血迹。

“看起来凶器是匕首或菜刀这一类的刀具，凶手应该费了很大劲才切断，因为横断面很不整齐。”

“应该是死后被切断的吧？”埃勒里问。

“我不能肯定，但是应该没错。如果是在心脏仍然跳动时切断的，肯定会大量出血。”

“房间里没有发现可疑的刀具吗？”

“没有，而且我也没有看见被切断的手。”

“凶手带走了吗？”埃勒里交叉着手指自言自语。

“凶手为什么要这样做呢？”

“神经不正常吗？”阿加莎叫起来。

“要不就是一个特别爱恶作剧的家伙。这是故弄玄虚，凶手在模仿去年发生在岛上的那起事件。”

“啊——”

“蓝屋的四重杀人。被害人之一的中村和枝被勒死后，手也被切掉了。”

“埃勒里，这是为什么？”

“你是问模仿的目的吗？怎么说呢？”埃勒里耸了耸肩膀，“先听爱伦·坡把话说完——能推测出死亡时间吗？”

“身体上出现了轻微的尸斑，我诊脉的时候尸体已经僵硬了，不过很容易就掰开了她握成拳头的右手，所以可以认为关节还没有僵硬。综合考虑血液的凝固状态……是啊，大约死了四五个小时，也就是今天早上七八点左右；时间范围放大一点，大约是六点到九点之间。不过，这完全是我这个外行的意见，仅供参考。”

“值得信任。”卡尔像猴子一样露齿一笑，“大医院的继承人，同时又是K＊＊大学医学部的高才生，说的话当然值得信任，前提是这个人不是凶手。”

爱伦·坡一语不发，甚至没有看卡尔一眼。

“有人能证明自己今天早上六点到九点之间的行动吗？”埃勒里问所有人，“或者有人察觉了和事件有关的线索吗？”

无人回答。

“那么，有人能想到动机吗？”

勒鲁、范和阿加莎的视线全部聚集在卡尔脸上。

“原来如此，”埃勒里冷冷地说，“看来只有卡尔最清楚——当然，前提是凶手的动机合乎常理。”

“你说什么？为什么是我？”

“你被奥希兹甩了吧？”

卡尔无言以对，几乎要把嘴唇咬出血来。

“可是，埃勒里，假设卡尔是凶手，他应该不会整理尸体。”阿加莎的语气里带着一丝挖苦，“卡尔是唯一不会这样做的人。”

3

“浑蛋！”

卡尔坐在岩石上眺望着眼前的猫岛，愤愤地吐了一口唾沫。他粗鲁地拽过身边的杂草，揉搓着草叶。

“浑蛋……”

他难掩心头的愤懑，反复咒骂，被他扯下的草随风飘进大海。

（那帮家伙平时自以为是，唯独在指责我的时候团结一致，就连爱伦·坡那个家伙也净说废话。）

当时，只有我一个人提出检查一遍奥希兹的尸体和现场，却落得如此下场——卡尔心想。

特别是埃勒里这个家伙，分明自己也很想检查一遍，勒鲁和范肯定也一样，最后却对爱伦·坡听之任之，他们难道没有意识到其中的危险吗？

轰鸣的潮声让卡尔越发气急败坏，他嘴角抽动，又往地上吐了一口唾沫，攥紧拳头砸在膝盖上。

“说什么我被奥希兹甩了！哼，我不过是闲得无聊和她打了个招呼而已，她反而自以为是……太荒唐了，把自己当成什么了？哼，我会为了这么点小事杀人吗……”

卡尔瞪着眼前的景色，怒气填胸。

“看起来不可能有船经过，也没有工具砍树造船，就算造出了一条木筏，也不见得能划到对岸——抽烟吗，范？”

除了卡尔以外的五个人，分成两组在岛上寻找和外界联络的方式，这一组是爱伦·坡、范和阿加莎三人，他们正在从岛的南岸往东岸走。

爱伦·坡递了一支烟给范，自己也点上一支，脸色阴沉地抱起双臂。“只能点火引起过往船只的注意。”

“能引起别人的注意吗？况且——”范一边点烟一边抬头看天，“看云层感觉今天晚上要下雨。”

“不妙啊——真是的，事先没有准备好紧急情况下的联络方式。”

“现在抱怨也于事无补，谁也没有料到会发生命案。”范无力地垂下肩膀，“好不容易退了烧……这到底是怎么回事啊？”

“没有一艘船经过。”阿加莎悲戚地说。

薄云笼罩的天空下，不知是否出于心理作用，大海显得凝重阴暗。

“说不定等一下就有船经过，我们在这里两人一组，分三班守候吧。”

“我不要！”阿加莎歇斯底里地叫起来，“开什么玩笑，我才不要和有可能是杀人犯的人单独在一起。”

“那么三个人一组。”

“所有人在一起也行，范。即便有船经过这里，反正也是在进出港的时候——傍晚或者清晨。”

“这可说不准。”

“无论如何，我认为船不太可能发现我们。上岛的时候，渔夫老伯不是说了吗，渔场在远离这里的南边，很少有船靠近角岛。”

“可是，这是唯一的办法。有东西生火吗？”

“这也是个问题。”爱伦·坡回头看身后的树林，“全是松树，很难点燃，把落叶聚在一起倒可以一试。可是这么小的火，在陆地上根本看不见吧？说来说去，只能祷告有船只经过附近。”

“我们怎么办啊？”阿加莎怯生生地望着两个人，平日的神采消失殆尽。

“没关系，会有办法的。”爱伦·坡拍了一下她的肩膀，络腮胡底下挤出一丝笑容。

阿加莎的表情更加惶恐。“爱伦·坡，你嘴里这样说，其实你可能就是杀害奥希兹的凶手，范也有可能。”

“还有卡尔、勒鲁、埃勒里……”爱伦·坡默默地点燃第二支烟。

阿加莎脸色煞白。“你们当中有人杀了奥希兹，而且切断了她的手腕。”

“阿加莎，你自己也是嫌疑人之一。”范粗暴地回击她。

“我不是。”阿加莎哆哆嗦嗦地退到树林边，双手抱住头，“啊……难以置信，真的会发生这种事……喂，范，爱伦·坡，奥希兹真的死了吗？凶手果真在我们当中吗？”

“勒鲁，我认为还有别的可能性。”

“别的？”

“这还用说，这个岛上藏了另外一个人。”

“呃？”

埃勒里和勒鲁察看海湾栈桥和蓝屋遗迹旁边的岩石堆后，走在林间小道上，目的地是面向猫岛的北岸。

“这是怎么回事，埃勒里？”勒鲁停下脚步。

“有外来者作案的可能性。”埃勒里回头笑着说，“难道说你希望凶手在我们当中？”

“这……别开玩笑。可是，隐藏在岛上的人到底是谁呢？”

“我猜是——”埃勒里平静地回答，“中村青司。”

“呃？”

“有什么大惊小怪的？”

“可是，埃勒里，中村青司去年被杀了……”

“所以说，那根本就是一个错误。你没考虑过吗——勒鲁，半年前案发后找到的青司是一具‘无脸尸体’，而且，与此同时，有一名园丁失踪了。”

“实际上，青司是凶手，被认为是青司的尸体其实是园丁？”

“对，不过是个简单的调包计。”

“所以，你认为青司仍然活着，就在这个岛上？”

“有可能，说不定他一直住在这个岛上。”

“住在这里？”

“你记得前天渔夫老伯说过十角馆亮灯的事吗？是不是青司住在这里，点亮了灯？”

“这些鬼话可不能信以为真。去年事发后，警察和新闻媒体蜂拥而至，青司能藏在哪里呢？”

“我们不是正在岛上查找吗？刚才在海湾检查了船坞，那里没有什么可疑之处。我们的首要任务是找到和外界的联络方式，同时我还期待发现某个地方有人藏身的迹象，所以才想去猫岛上一探究竟。”

“话虽如此，我还是觉得……青司不可能是凶手。”

“是吗？奥希兹的房间窗户不是没上锁吗？很可能是奥希兹忘记关窗，凶手就是从窗户潜入的。”

“为什么房门也没锁呢？”

“杀人后，凶手从室内打开门，走进大厅，把塑料板贴在门上。”

“这一点很蹊跷，假如是外来者，他是怎样知道埃勒里把塑料板塞进了厨房抽屉呢？”

“外来者也能准备那些塑料板。十角馆大门的锁坏了，可以随意进出。昨天早上，他把塑料板摆在桌上，等我们起床后，从厨房的窗户窥视着我们的行动；或者，我们当中有人是帮凶。”

“这……不可能吧。”

“我们现在讨论的是可能性。勒鲁，你那么喜欢推理小说，却太缺少想象力了。”

“现实和小说是两回事，埃勒里。那么，你认为中村青司杀我们的动机是什么呢？”

“这个嘛——”

穿过林间小道来到悬崖上，他们发现了卡尔的身影。一见两个人，卡尔扭头就走。

“喂，你最好不要单独行动。”

埃勒里提醒一声不吭的卡尔，卡尔头也不回地大踏步消失在树林里。

“这家伙真伤脑筋。”埃勒里咂舌，“刚才大家都很冲动，我也说得太过分了，他好像把我视为眼中钉。”

“我理解他的心情。”勒鲁看了一眼卡尔消失的方向，“埃勒里，你总是——即使现在也保持冷静，给人置身事外、纵观全局的感觉。”

“是吗？”

“对啊。不是讨好你，我真的很尊敬你，卡尔前辈却正相反，想必他很嫉妒你。”

“唔，这样啊。”埃勒里一副事不关己的模样，“到处都是灌木丛，挡住了视线，看不清楚。”

埃勒里指的是位于对面的猫岛。勒鲁站在埃勒里身边，小心翼翼地提防着脚下踩空。

“看起来是可以藏下两三个人，不过，这里是悬崖啊。”

“可能有船吧，这么近的距离，只要有一条小型橡皮艇就足够了，从那边的岩区出发……啊，勒鲁，你看——”埃勒里伸手一指，“那边的斜坡是不是可以爬上去？”

“嗯，没错。”

勒鲁眺望着盘踞在白色波涛间的猫岛，绞尽脑汁，整理着思绪。

埃勒里的分析有一定道理，不能否认外来者作案的可能性——说不定还有一个人藏在岛上某处，企图谋害大家的性命。然而，毫无根据地和中村青司联系在一起，是否太草率了？青司没有死的可能性到底有多大呢？就算他仍然活着，为什么非要置我们于死地呢？

“还是不可能。”

勒鲁在心里反复盘算。然而——

记忆中仿佛有什么让他不能释怀——必须回忆起来的某件事。

拍打在悬崖上的波浪也拍打着他的内心，仿佛记忆的碎片也被波浪卷走了。

勒鲁灰心丧气地看着埃勒里，只见他默然地凝视着海面。

海风带来黄昏时分的气息。

4

“……受低压槽的影响，今晚后半夜到明晚，各地云层逐渐加厚，天气略有变化，后天逐渐转晴。下面请听九州各地的天气预报……”

勒鲁带来的收音机里传来的天气预报不一会儿就变成了女性 DJ 的喊叫。

“好了，快关掉，不想听了。”

听到阿加莎的抗议，勒鲁慌忙关掉收音机。

众人刚默不作声地吃完晚饭，围坐在十角桌旁的六人有意识地避开面向奥希兹房门的座位。门上仍然挂着“第一被害者”的牌子，大概使用了强力胶水，剥也剥不下来。

“哎，埃勒里，变个魔术给我们看看吧。”阿加莎故作轻松地说。

“呃？——啊，好啊。”

埃勒里重新洗了一下刚才一直拿在手里摆弄的扑克，然后装进盒子塞进了上衣口袋。

“让你变个魔术，你反而把扑克收起来了。”

“不是的，阿加莎，正因为你让我变个魔术，我才放进口袋。”

“什么意思？”

“魔术要先从这个步骤开始。”埃勒里清了清嗓子，瞅了一眼邻座的阿加莎，“准备好了吗，阿加莎？现在，你从大小鬼以外的五十二张牌里随便想一张，在脑子里想一想就行。”

“想一想就行？”

“对，不要说出来——好了吗？”

“想好了。”

“那么——”

埃勒里从口袋里掏出扑克盒子放在桌上，这是红底的单车扑克。

“你盯着这个盒子，在心里默念刚才你想到的那张牌。”

“知道了，专心默念就行了吗？”

“对——好了，OK。”

埃勒里左手拿起扑克盒子。

“好了，阿加莎，你刚才默念的那张牌是什么？”

“可以说出来吗？”

“可以。”

“方块Q。”

“唔，我们看一下盒子里的牌。”

埃勒里打开盒子，取出正面朝上的扑克牌，在两手间摊成扇形。

“方块Q——这是什么？”

埃勒里停下手，只见正面朝上的牌里唯独一张是背面朝上。

“只有一张背面朝上。”

“没错。”

“麻烦你把它抽出来看一下花色。”

“嗯——啊，太不可思议了。”

阿加莎半信半疑地抽出那张牌正面朝上放在桌上，千真万确，这就是方块Q。

“不可能吧。”阿加莎杏眼圆睁。

“很刺激吧。”埃勒里微笑着把扑克收起来放进口袋。

“埃勒里，刚才这个魔术太神奇了。”

“咦，没给勒鲁看过吗？”

“刚才是第一次见识。”

“这是扑克魔术中的最高杰作。”

“莫非阿加莎前辈是托儿？”

“才不是呢，勒鲁。”

“真的吗？”

“我不用什么托儿。再给你透露一点，我不是以五十二分之一的概率为赌注瞎猜阿加莎所想的这张牌。”

埃勒里点燃一支沙龙烟，慢吞吞地吐了一个烟圈。

“下面来猜个谜语吧。我前段时间在书上看见的。‘看上就在下，看下就在上，穿过母腹在子肩’，你知道这是什么吗？”

“你说什么？”勒鲁又问了一遍。

埃勒里刚重复了一遍，阿加莎就拍着手叫起来。“我知道，是‘一’，汉字的‘一’。”

“完全正确。”

“啊，原来如此，猜字形啊。”

“接下来这一个呢——‘春夏冬二升五合’，这个怎么读？”

“这是什么？”

“你没在农村小店里见过这种东西吗？”

“好像在银行里见过。”

爱伦·坡把新开的云雀烟收起来。

“‘春夏冬’，没有秋天，也就是‘生意’。‘二升’是两升，也就是‘越来越’，‘五合’是半升，也就是‘繁盛’。”[①]

“合起来就是‘生意兴隆’啊。”

“没错。”

“呵，这种拐弯抹角的拆字游戏挺有意思啊。”

“也可以说是一种暗号吧。”

“说到暗号——”埃勒里接着说，“最早出现在《圣经·旧约》的《但以理书》。”

“那么早就有了？”

“日本很久之前也有类似的说法。比如说《续草庵集》里吉田兼好和顿阿法师的问答歌，在高中没学过吗？”

“不知道。是什么样的歌？”阿加莎问。

“兼好赠歌给顿阿——凉爽的秋夜，一觉醒来，曲肱为枕，悠闲地躺在收获的稻穗上，亲密的秋风抚摸着我的双手——每句话的第一个字组合起来就是‘给我米’，同样把每句话的最后一个字组合起来是‘我还要钱’。”[②]

“这话真寒酸。”

“顿阿法师回赠道——深秋的夜晚，内心惘然若失，久久未能望见你的影子，即使你不在乎我，盼望不久与你重逢——同样把第一

①在日语中，“没有秋天”与“生意”谐音，“两升”与“越来越”谐音，“半升”与“繁盛”谐音。
②在日语中，这首歌每句话的第一个字组合起来是‘よねたまへ’，即为‘给我米’，最后一个字组合起来是‘ぜにもほし’，即为‘我还要钱’。

个字和最后一个字组合起来就是‘没有米钱也少’。”[1]

“真亏他们想得出来。”

“我记得《徒然草》里记载了另外一种形式的暗号歌，是什么来着，奥希兹？”

所有人顿时一惊，无言以对。

“不好意思，我不小心脱口而出。”埃勒里难掩狼狈，这是他从未有过的失态。

晚饭开始后，大家都心照不宣，谁也没有提起奥希兹的死。此时埃勒里说漏嘴，又把大家带回到残酷的现实中，大厅被令人窒息的沉默笼罩。

“埃勒里，还有没有别的？”看着手足无措的埃勒里，勒鲁好意为他解围。

“啊，是啊。”埃勒里好不容易恢复了镇定。

“阿加莎，泡杯咖啡吧。”卡尔瞥了埃勒里一眼，轻蔑地撇撇嘴，似乎在嘲笑他的出丑。

埃勒里双膝发抖，刚准备反击，阿加莎眼明手快地制止了他。

“我去泡，大家都要喝吧？”阿加莎飞快地走进厨房。

“喂，你们这些人——”卡尔瞪着剩下的四个人，“今天是奥希兹的守灵夜，你们别假装不知道，都严肃一点。”

“请，糖和牛奶自己放吧。”阿加莎把托盘放在桌上，里面有六个墨绿色的杯子。

“对不起，每次都麻烦你。”埃勒里拿过靠近自己的一杯。其他

①在日语中，这首歌每句话的第一个字组合起来是‘よねはなし’，即为‘没有米’，最后一个字组合起来是‘ぜにすこし’，即为‘钱也少’。

人也纷纷伸过手来，阿加莎取走自己的一杯后，把托盘放在邻座的范面前。

“谢谢。”范接过杯子，把抽到一半的七星烟放在烟灰缸里，把十角杯捧在手里。

“感冒好了吗，范？”

“啊，嗯，托大家的福——埃勒里，我们还没有好好讨论过，真的没有办法和外面取得联系吗？”

“没有。”埃勒里啜了一口黑咖啡，“我本来想在晚上摇白旗引起J崎灯塔的注意，可那是个无人灯塔吧？”

“唔，是啊。”

“还有就是让谁冒死游过去，或者设法造一艘木筏。”

“两个办法都不现实。”

“埃勒里，我们还想过生一堆火。”爱伦·坡说，“可是，烧松树叶不可能引起别人的注意。”

“要么，干脆一把火烧了十角馆。”

“这不行吧。”

“不行，而且很危险。爱伦·坡，刚才我和勒鲁找联络办法的时候，顺便想找另外一样东西。”

“另外一样东西？”

“对，不过最终没有找到，我们几乎走遍了整个岛……不对，等一下。”

“怎么了？”

“蓝屋——被烧毁的蓝屋。”埃勒里揉着眉间喃喃自语，“那里有没有地下室呢？”

“地下室？”

就在此时——

突然，有人趴在桌上发出可怕的呻吟，打断了两人的对话。

“什么？！”阿加莎叫起来。

“怎么回事？！”

大家腾地站起身。桌子咔哒咔哒剧烈摇晃，喝了一半的琥珀色咖啡从杯子里溅出来。

他宛如一个失控的电动人偶，双脚在地上乱踢，最后蹬翻了椅子；趴在桌上的上半身滑落在蓝色地砖上。

“卡尔！”爱伦·坡扑上去。

勒鲁险些被爱伦·坡撞倒，他一个趔趄碰翻了自己的椅子。

“怎么了，卡尔？！”埃勒里也紧随其后冲到卡尔身边。

爱伦·坡盯着仆倒在地的卡尔，摇着头说：“我也不知道怎么了。谁知道卡尔有什么老毛病吗？”

没有人回答。

“——怎么回事？”

卡尔的喉咙像一支不顺畅的笛子，虚弱地发出嘶哑的声音。爱伦·坡用强壮的手臂支撑起他的上半身。

“搭把手，埃勒里，让他吐出来，大概中毒了。”

卡尔的身体剧烈抽搐，挣脱了爱伦·坡的手。他翻着白眼，在地上蜷缩成一团，随后又是一阵更激烈的痉挛。伴随着一阵惊天动地的呕吐声，他的嘴里流出了褐色的呕吐物……

“他不会死吧？”阿加莎惶恐不安地看着爱伦·坡。

“我也不知道。”

“没救了吗？”

“我不知道他中了什么毒，就算知道，在这里也无药可救，只能祷告毒药的剂量不至于致命。”

当天深夜两点半。

卡尔在自己房间的床上离开了人世。

5

剩下的五个人筋疲力尽，谁也没有说话。也许问题不在于疲劳，而是已经麻木了。

和奥希兹不同，这次大家目睹了卡尔痛苦地倒下以致死亡。这种触目惊心的惨状以及非同寻常的崩溃感，反而让他们的神经麻木了。

阿加莎和勒鲁半张着嘴，茫然地望着半空；范用手撑着头，不住地叹息；爱伦·坡不再把手伸向烟盒，一动不动地看着天窗；埃勒里双眼紧闭，面无表情。

从天窗里看不见月光。

灯塔的灯光不时刺穿黑夜。煤油灯左右摇摆，仿佛有生命似的。波涛涌上来又退下去，退下去又涌上来，重复着单调节拍……

“给个结论吧，我困了。”埃勒里勉强睁大眼睛。

“我赞成。”爱伦·坡说道。

另外三人回过神来，准备认真倾听爱伦·坡的发言。

“就我所知道的，他是中毒身亡，但是不清楚具体是什么毒。”

“不能看出个大概吗？”

“是啊。”爱伦·坡浓密的眉毛拧成一团，“毒发如此迅速，说明药性很强；因为有呼吸困难和全身痉挛的症状，所以很可能是神经类毒药。这一类毒药主要包括氰化钾、士的宁、阿托品，也有可能是尼古丁、砒霜和亚砷酸。不过，阿托品和尼古丁会导致瞳孔放大，但是卡尔没有出现这种症状。氰酸化合物有一种苦杏仁的气味，这一点卡尔身上也没有。因此，我认为是士的宁、砒霜或亚砷酸。”

刚才喝到一半的六个咖啡杯仍然放在桌上。

阿加莎盯着咖啡杯，听完爱伦·坡的解释，忽然“扑哧”一笑。“这样一来，凶手只可能是我了。”

“是啊，阿加莎。”埃勒里淡然地说，“果然是你吗？”

“如果我说不是我，你们相信吗？”

“难以置信。”

“说的也是。”

两人相对一笑。任何人——包括他们自己，都感觉到了笑声中的异样。

“你们两个都别这样。”爱伦·坡沉着嗓子告诫他们。他点燃香烟，把烟盒递给埃勒里。“现在是紧要关头。”

“我知道，谁也不愿意在这个时候开玩笑。”

埃勒里把爱伦·坡的烟盒推回去，从衬衫口袋里掏出自己的沙龙烟。他从里面抽出一支，在桌面上轻敲着过滤嘴。

“先回顾事实吧。”

“让阿加莎泡咖啡的是卡尔自己。阿加莎去厨房后，所有人都留在这里。烧开水，泡咖啡，放进托盘端进大厅，大约用了十五分钟。阿加莎把托盘放在桌上，托盘上的东西分别是六个咖啡杯、方糖盒子、奶精罐，另外还有一个空碟子，上面有七把勺子，其中一把勺子用来调奶精。没错吧，阿加莎？”

阿加莎点头表示同意。

“拿咖啡杯的顺序是怎么样的？”埃勒里继续发问，“我是第一个拿的。第二个呢？”

“是我。”勒鲁回答，“和卡尔前辈几乎在同一时间。”

“接下来大概是我。”爱伦 · 坡说。

“我拿了以后，把整个托盘递给范。没错吧，范？”

“唔，没错。”

“OK。我重复一遍。我、勒鲁和卡尔、爱伦 · 坡、阿加莎、范。”

埃勒里把烟含在嘴里，点上火。

“我们来分析一下。有机会在卡尔的咖啡杯里投毒的是谁呢？首先是阿加莎。”

“有可能毒咖啡被我自己拿了，何况我根本没可能设法让卡尔正好拿起那杯咖啡。”阿加莎冷冷地反驳，“假如我是凶手，在投毒之后应该主动分发咖啡。”

“这样说起来，以前每次你都把咖啡端到每个人的座位上，为什么唯独这次没这样做？”

“我没那份心情。”

“嗬。阿加莎，有一个前提需要说明，凶手这次投毒并非针对卡尔，最终目的是杀害我们之中的某个人，并不在意谁是‘第二被害者’。”

“就是说，倒霉的卡尔不巧成了受害者？”

“这个推测最合理。卡尔两边的座位都没人，谁也不可能在卡尔拿了咖啡杯之后投毒。由此一来，凶手只有你。”

“毒药有可能被混在方糖和奶精里。”

“哎呀呀，你也放了奶精吧？方糖也同样行不通。卡尔和我一样，没有在咖啡里加任何东西，当然，也没有用勺子。”

“埃勒里，请等一下。”勒鲁在一旁插嘴，“我自始至终目睹了阿加莎前辈泡咖啡的过程。厨房门一直敞开，我的座位正好在厨房正面，可以清楚地看清阿加莎前辈的每个动作。厨房吧台上点了蜡烛，我没有发现任何可疑行为。”

“虽然你好意为她辩护，但并不能成为决定性的证词。从这张桌子到厨房吧台，不可能看清楚所有细节。你并不是从一开始就打算监视阿加莎吧？”

“对不起。”

“不用道歉。”

“不，我不是这个意思。其实，我一直在监视阿加莎前辈的一举一动。”

“勒鲁——”阿加莎惊愕地转过脸。

勒鲁埋下头，声音颤抖地一再重复着“对不起”。

“这……我也有自己的理由。今天早上杀害奥希兹的凶手就在我们当中，说不定就是阿加莎前辈。今天晚饭的饼干、罐头、果汁——我都提心吊胆。我反而觉得满不在乎地把所有东西塞进嘴里的埃勒里有古怪。”

“原来如此。”埃勒里苦笑着说，“那么，勒鲁，你确定阿加莎绝对不是凶手吗？”

“这怎么说呢？”

“卡尔已经死了，一定有人在咖啡里投毒了，你不至于说卡尔是自杀吧？”

“这个……”

“埃勒里，我之前不是说过吗？假如我是凶手，那么我是怎样避开有毒的咖啡杯的？我自己也喝了咖啡。”

埃勒里把烟头熄灭在十角形的烟灰缸里，眨了眨眼。

“咖啡杯只有六个，不费吹灰之力就能记住毒咖啡杯的位置。你拿了自己的咖啡后，把最后一个留给了范。假如最后剩下的两个杯子之中一个有毒，你也可以故意把那杯留给范。万一，自己拿到的那杯是毒咖啡，只要不喝就行了。”

“不是我。”阿加莎晃动着长发矢口否认，抓住桌子一角的白色手指簌簌发抖。

“埃勒里——”范轻声开口了，“我认为，如果阿加莎是凶手，不会在自己最容易被怀疑的时候动手，她并没有这么笨。爱伦·坡，你怎么想？”

“我赞成你的意见。”爱伦·坡说完后紧盯着埃勒里，“这个大厅里只有这一盏煤油灯，而且当时谁也没有注意别人拿咖啡时的动作。”

“爱伦·坡，你想说什么？”

“埃勒里，第一个拿咖啡的人是你，趁别人不注意把藏在手里的毒药投进旁边的咖啡，这并不难。怎么样，魔术师？”

“哈哈，怀疑到我头上了。”埃勒里镇定自若的脸上露出一丝苦笑，“关于这一点，我只能强调自己没有做。”

“你的话我们不能全信，不过，还有其他可能性，比如说卡尔在喝咖啡之前已经中毒了。”

“你是指缓释胶囊？”

“对。”

“那么，最可疑的人就是你，医生阁下。搞到砒霜、士的宁这些毒药对一般人来说并不容易。是医学系的你、理科系的范，还是药学系的阿加莎呢？我和勒鲁是文科，和存放毒药的研究室无缘。”

“要是有心，谁都能把这些药带出研究室，我们那个大学的研究室和实验室的管理很松懈。农学系啊、工学系啊，假装自己是那个系的学生，大摇大摆地走进去，根本没人留意。再说了，埃勒里，你的亲戚在 O 市开了药店。”

埃勒里吹了声口哨。“你的记性真不赖啊。”

“我想告诉你们，现在讨论获取毒药的途径根本是无用功。”爱伦·坡的身体前倾，“另外一点，关于投毒的办法还有一个可能性，你们不会还没意识到吧？就是事先在某一个杯子里抹上毒药。这样一来，人人都很可疑。”

“言之有理。”

阿加莎撩起散落在前额的头发，怨恨地瞪了一眼笑容可掬的埃勒里。

“你早就想到了，埃勒里？”

“当然了，不要小看我。”

“太过分了，那你为什么一口咬定我是凶手？”

“我也打算这样追问其他人，刁难你们一下。”

“你是不是脑子不正常啊？”

“我们现在所处的状况极其不正常，你让我保持正常才奇怪呢。”

“这……”

“对了，阿加莎，有一件事要问你。”

“又怎么了？”

“确认一下而已，你泡咖啡之前洗了杯子吗？”

“没有洗。”

“最后一次洗是什么时候？”

“从岛上回来后，我们不是喝茶了吗？喝完茶我洗了杯子，然后放在厨房的吧台上……”

“包括奥希兹的，一共七个杯子吗？”

“不是，我把奥希兹的杯子放进了碗柜，实在没有勇气再把它拿出来……”

“唔，这样一来，事先在杯子里投毒的可能性就更大了。傍晚走进厨房，在一个杯子里抹上毒就行了，谁都有机会这么做。”

“可是，埃勒里，”勒鲁开口了，“这样的话，凶手怎样区分有毒的杯子呢？我们每个人都喝了咖啡。”

“必定有什么记号。”

“记号？”

“对。比如说唯独某一个杯子的漆剥落了，或者有一个缺口等等。”埃勒里嘴里说着，伸手拿过卡尔用的那个墨绿色杯子。

“有什么吗？”

“等一下。咦，奇怪啊。”埃勒里匪夷所思地歪着头，把杯子交到勒鲁手里，“你也看看。我没发现和别的杯子有什么不同。”

“真的吗？”

“有没有不容易被发现的缺口？”阿加莎问。

“没有啊，什么也没有，用放大镜的话也许会有所发现。”

“别开玩笑。给我看看。”

杯子传到了阿加莎手里。

“真的呢，没有什么记号啊。”

“那么，事先投毒的可能性被否定了？”

埃勒里抓着鬓角的头发，百思不得其解。

“由此一来，只有三个可能性了。凶手要么是阿加莎，要么是我，要么是事先让卡尔服下毒胶囊的某个人？”

“总之，我们没办法断定谁是凶手。”爱伦·坡给出了总结。

埃勒里把阿加莎放回桌上的杯子再次托在手里，反复端详。

“假设凶手是外来者，就算没有记号也不成问题。”

“你说什么，埃勒里？”

“没什么……”埃勒里抬起头，“现在最大的问题还是动机。杀害奥希兹和卡尔的应该就是那个准备了塑料板的人。那么，他或者她，至少打算杀死我们中的五个人。五个人是基于‘侦探’不会成为‘第六被害者’这个前提。”

“这个动机……”勒鲁无力地摇了摇头。

“肯定有动机。”埃勒里斩钉截铁地说，“即使是不合常理的动机。”

“这个疯子！丧心病狂！”阿加莎高声尖叫起来，“我不能理解疯子的想法。”

“疯子啊。”埃勒里愤愤地扔下一句，抬起左手腕看了一下手表，“天快亮了，大家打算怎么办？”

“不可能一直不睡，头脑昏昏沉沉，在这里讨论也得不出结论。”

“是啊，爱伦·坡，我也快撑不住了。”埃勒里揉着疲倦的双眼，摇摇晃晃站起来，双手叉腰往自己的房间走去。

“等一下，埃勒里。”爱伦·坡叫住他，“所有人在同一个房间休息比较安全吧。”

“不，我不要。”阿加莎惊慌失措，“万一身边那个人就是凶手怎么办？他一伸手就能勒死我，我想想都毛骨悚然。”

“谁也不会杀躺在身边的人，这样的话会被抓个正着。”

“你能保证吗，爱伦·坡？就算凶手被抓住，可是我也已经被杀了。”

阿加莎泫然欲泣地站了起来。

“等等，阿加莎。”

“我不要，我不相信任何人。”

阿加莎飞快地逃进自己的房间。爱伦·坡默默地目送她消失后，长长地叹息了一声。

“她快要崩溃了。”

“这个很自然。”埃勒里摊开双手耸了耸肩，“坦白说，我和阿加莎的心情一样，我也决定一个人睡。”

“我也是。”勒鲁随声附和，镜片后的眼睛里布满了血丝。

看见范也站起身，爱伦·坡用力挠着头发提醒大家。“你们注意锁好房门哦。”

“我心里有数。”埃勒里瞟了一眼通向入口的对开大门，“我也不想死。”

第六章　第三天·本土

黄昏时分。

江南站在堤岸上眺望漂浮在阴暗大海上的岛影，而岛田正在海边俯下瘦长的身体，和钓鱼的孩子们玩耍着。

两人最终来到了这里——S 区。

中村青司是否仍然活在人世呢？今天来这里的目的，是希望找到支持在昨天的走访中得出的结论的线索，同时也想亲眼看看角岛。

然而，花了半天时间拜访附近的居民和渔夫后，收集到的情报无非是大同小异的幽灵传说，没有得到任何有益于案件推理的线索。两人拖着散了架的身体，在离港口不远的海边稍事休息。

江南抽着烟，在堤岸上伸展双腿坐下来。

耳边不断传来波涛声，只见身穿蓝色牛仔裤和橄榄绿夹克的岛田从孩子们手里借来钓鱼竿，开心得手舞足蹈，实在看不出这是个年近四十的男人。

真是个怪人啊。回忆起昨天晚上，岛田和守须在没有先兆的情况下忽然闹起别扭，江南不禁叹息了一声。

岛田和守须的性格形成鲜明对比。如果把岛田形容为“阳”，那么守须就是“阴”。在一本正经、性格内向的守须看来，岛田对平常的事满不在乎、却对自己感兴趣的事过于执着的言行举止，实在是太过轻率了吧。而岛田比守须和江南年长不少，所以更是怏怏不乐——兴味盎然地展开调查，却被守须迎头泼了一盆冷水，岛田看上去十分扫兴。

“岛田先生，我们该走了。”江南站在堤岸上叫岛田，“回去还要花一个小时。”

“好吧。”

岛田把鱼竿还给孩子们，挥手告别后三步并作两步跑到堤岸上。

“岛田先生很喜欢孩子啊。”

“算是吧。”岛田若无其事地回答，“不管怎么说，年轻真好。”

两人并肩走在堤岸下的小路上。

“最终一无所获啊。”

“哦，是吗？”岛田笑呵呵地反问，“不是听到了有关幽灵的故事吗？”

“那种故事到处都能听到。一旦有人横死，肯定会流传出类似的鬼故事。”

“我不这样认为，说不定里面隐藏着真实情况。”

路边有个身材强壮、脸色黝黑、似乎不到二十岁的年轻人，正在灵巧地修补渔网，认真干活的表情里稚气未脱。

“江南，”岛田说，“我衷心希望你的同伴——先前的同伴们不要被角岛的幽灵缠住才好。”

“什么意思？”

“我想说的是，角岛幽灵不是别的，正是已经死了的中村青司。青司果然还活在角岛上，而你先前的那些朋友却懵懵懂懂地上岛了。”

“可是，那……”

“请问——”背后突然传来一个陌生的声音。

江南一惊，回头看见了修补渔网的年轻人。

“你们认识去岛上的那些大学生？”年轻人双手握着渔网，大声询问。

“是啊。”岛田应声回答后大步流星地向年轻人走去，“你认识他们？”

“是我和我父亲把他们送上岛的，下个星期二再接他们回来。”

“是这样啊！”岛田的声音里掩饰不住兴奋，他蹲在年轻人身边，“请问，你有没有发现那些学生哪里不对劲？”

“没什么不对劲，他们在船上欢呼雀跃，不过我根本搞不懂去那种地方有什么好开心的。”

这个年轻人虽然语气生硬，眼神里却流露出亲切的光芒。他抓着紧贴头皮的短发，厚嘴唇间露出洁白的牙齿。

“你们在调查幽灵的传说吗？”

“啊，唔，算是吧。你见过那个岛上的幽灵吗？”

“没有，那不过是一些风言风语，我本来就不相信妖魔鬼怪。”

“妖魔鬼怪和幽灵是两回事。”

“哦，是吗？”

“你知道是谁的幽灵吗？”

“中村青司吧？也有人说是他的太太。”

“那么，你想过这个中村青司仍然生活在角岛上吗？”

年轻人莫名其妙地眨巴着双眼。

“仍然活着？他不是死了吗？所以才变成了幽灵。”

“也许并没有死。”岛田郑重其事地说，“比如说，有人看见作为别馆的十角馆里有灯光，也许是青司点的灯；有人看见了青司，也许那不是幽灵而是青司本人。这样想不是更现实吗？去岛边钓鱼的小船沉没可能是暴露了身份的青司杀人灭口。怎么样？”

“你真有意思啊。”年轻人忍俊不禁，“可是，摩托艇又怎么解释呢？我亲眼看见摩托艇在海面上倾覆。”

“什么？”

“那天海浪很大，我碰巧在附近劝阻那些打算出海钓鱼的人，跟他们说反正角岛那边只能钓到小鱼。可是他们不听，坚持出海，结果刚开出港口还没有靠近角岛就被海浪打翻了船。上了年纪的人说是幽灵作祟，其实只是一起事故。还有所谓的‘杀了捕鱼的人’，其实谁也没死，马上被救起来了。”

江南听到他们的对话，不禁失笑。岛田没趣地噘起嘴唠叨起来：“那么，翻船的事就当我没说过，可是我坚持认为青司仍然活在世上。”

“你认为他生活在那个岛上吗？他吃什么呢？”

“不是有一艘摩托艇吗？他会不会把摩托艇藏在某处，有时候驾船来这边买东西呢？”

“真是这样吗？”年轻人半信半疑。

“你觉得不可能吗？”

“怎么说呢？晚上在J岬角的背面上岸也并非办不到，基本上没有人去那边。但是，把船拴在岸上，有可能会被发现吧？”

“他可以设法把船藏起来。只要不是暴风雨的天气，开摩托艇完全可以自由来去。”

“啊，现在这种天气，船上有引擎就没问题。”

“唔唔。”岛田得意洋洋地哼了一声，猛然站起身，“太感谢了，告诉了我很多有价值的消息。”

“是吗？你真是个有趣的人啊。”

岛田和年轻人挥手告别后，精神抖擞地朝停在路边的汽车走去。江南连忙快步跟上。

“如何，江南？”岛田咧嘴一笑，“收获颇丰啊。”

刚才岛田和年轻人的对话真的是“收获颇丰”吗？江南无法判断，但是至少不能否定中村青司仍然活着的可能性。

“是啊。”江南应了一句。

（无论如何，那些人去了那个不太平的地方。算了，这也是偶发事件。）

越过堤岸眺望着暮色降临的海面，江南暗自思忖。

角岛的黑影在静默中逐渐融入了黄昏。

第七章　第四天·岛

1

有说话的声音从远处传来。

声音并不嘈杂，也不在耳边，是熟悉的音调，熟悉的音色，还有类似背景音乐的水声。波浪？对了，是波浪声……

他逐渐从睡梦中清醒过来，接着——

睁开眼的一瞬间，他从床铺上猛然翻身而起。

伸手摸到眼镜后，他又仰面躺了下去，映入清晰视线中的是雪白的天花板。他无力地叹息了一声。

(……十角馆啊。)

太阳穴跳得厉害，随之，种种不愿意回忆起的光景在心中掀起狂澜。

他缓缓地摇了摇头，起身下床，动作迟缓地换好衣服。走到窗边，解开系着窗户拉手的带子，取下挂钩，打开玻璃窗和外侧的百叶门。

外面是荒芜的草坪和歪斜的松木，低沉的天空中浮云翳日。

他伸直无力垂下的双臂，用力深呼了一口气，吐出胸中混浊的空气后，再次关上窗户，照原样放下挂钩，用绳子固定两扇窗的拉手，然后走出了房间。

在大厅说话的是埃勒里和范，阿加莎和爱伦·坡也已经起床，在厨房忙碌着。

“早上好。勒鲁，平安是福啊。”埃勒里半开玩笑地说着，指了一下勒鲁的斜后方。

“呃？”

勒鲁回头一看，把眼镜往上推了推。

第二被害者

那是卡尔的房门。和奥希兹的房门一样，在与眼睛齐平的高度出现了这块牌子，遮盖了卡尔的名牌。

“这个凶手做事有板有眼，我真佩服他。”

勒鲁倒退着离开房门口，望了一眼双腿交叉坐在椅子上的埃勒里。

“剩下的塑料板都放在厨房的抽屉里吗？”

“啊，还是处理掉比较好吧。”

埃勒里把已经从抽屉里取出来的塑料板叠在一起，推到勒鲁面前。勒鲁一数，还有六块。

“这是……”

“你也看见了，‘第二被害者’在那里。凶手真周到啊，考虑到发生凶案后，我们肯定会对这些塑料板产生怀疑，所以事先准备了两套。另外，还有一点，要对阿加莎保密——”埃勒里压低声音，冲勒鲁招手。

“保密？为什么？”

“她知道后万一乱了方寸，那就糟了。这件事发生在她起床前，我和范，还有爱伦·坡商量后，决定不告诉她。”

“到底出什么事了？”

“你猜呢？”

“这个嘛——”

“最早发现的是爱伦·坡。中午起来后，他去洗脸的时候不经意地看了一眼里面的浴室。结果——”

“里面有东西吗？”

“对，浴缸里有一截鲜血淋漓的断肢。”

“什么？”勒鲁用手捂住嘴，“那，那是奥希兹的手吗？”

“不，不是，不是奥希兹的手。”

“是谁的？”

“是卡尔的。卡尔的左手被切断后扔进了浴缸。”

“这……”

“大概是今天早晨凶手趁我们睡着后干的。卡尔的房间没有上锁，谁都能偷偷溜进去切断尸体的手。只要有充足的时间，就算是阿加莎也做得到。”

“那截断肢现在在哪里？”

“放回到了卡尔的床上。警察短时间内不可能来，总不能一直这样扔在那里。”

“可是，为什么——”勒鲁揉着太阳穴，“凶手为什么要这样做？”

“是啊，为什么呢？”

“还是‘模仿’吗？就算如此……”

这时，阿加莎和爱伦·坡从厨房里走出来，开始整理餐桌。端上桌的是意大利面、乳酪面包、土豆沙拉和汤。

勒鲁在桌边坐下，看了一眼手表，已经快到下午三点了。

昨天只吃了一顿饭，照理说应该早已饥肠辘辘，但现在却毫无食欲。

“勒鲁，爱伦·坡监视了我做饭的整个过程，你可以放心吃。餐具全部都重新洗过了，不至于认为我和爱伦·坡是共犯吧？”阿加莎奚落道。

她勉强挤出笑容，眼角却不自然地僵硬着。也许是因为睡眠不足，她尽管略施粉黛，却掩饰不住满脸的倦容，玫瑰色的口红也比平时逊色了许多。

2

吃过这一顿迟来的午饭，五人结伴前往蓝屋的废墟。

一百坪见方的地面上堆满了灰尘和瓦砾，四周是暗绿的松林，其中混杂着许多褐色枯木。乌云翻滚的天空下是阴沉沉的大海……

所有的一切都晦暗阴沉，让人想浇上一层白漆，重新上色。

从蓝屋废墟西侧不算太高的悬崖上可以望见对岸的 J 岬角，四周环绕的松树在这里有一处缺口，形成一条小路。踩着石阶就可以通往崖下的岩区。

他们站在悬崖上搜寻角岛附近的船只，埃勒里却独自一人在瓦砾碎石中逡巡。他走进废墟，忽而踢踢散落的瓦砾，忽而蹲下身体。

“你在做什么，埃勒里？”范大声询问。

“找东西。”埃勒里抬起头笑着回答。

“找东西？找什么啊？”

“昨天我不是说过吗——地下室，我猜这里有地下室。”

悬崖上的四人面面相觑，逐渐朝蹲在瓦砾间的埃勒里围拢。

“哦。”

埃勒里嘀咕了一声，把手搭在一块一米大小的乌黑的断木板上。

“这块板好像被人移动过。”

这里似乎是一段被烧毁的墙壁，附近散落着几片蓝色瓷砖。埃勒里一用力，很轻松地把这块板抬了起来——

“有了。”埃勒里欢欣鼓舞地叫了出来。

眼前出现了一个四方形的黑洞，一道石阶通向洞内，毫无疑问，这就是蓝屋地下室的入口。

埃勒里把掀起来的木板推到相反一侧，手忙脚乱地从上衣口袋里取出手电筒，迫不及待地走进洞穴。

“小心一点，可能会塌的。”爱伦·坡忧虑地提醒他。

“我知道，没关……”

话音未落，埃勒里的身体就向下倒去。伴随着一声急促的惨叫，他整个人消失在了黑洞中。

“埃勒里？”

“埃勒里！”

“不要紧吗，埃勒里？！”

四人一齐疾呼。范也试图冲进黑洞。

“等一下，范，就这样冒冒失失冲进去太危险了。”爱伦·坡厉声制止了他。

“可是，爱伦·坡——”

“我走前头。”

爱伦·坡扔掉夹在手指间的香烟，从夹克衫口袋里掏出一支激光笔，小心翼翼地把脚踩在台阶上。

“埃勒里！”

没有人回答。

爱伦·坡弯着腰往下走了两级，忽然停下了脚步。

“这个是……”爱伦·坡呻吟道，“这里有一根天蚕丝，埃勒里肯定是被天蚕丝绊倒了。”

如果不仔细观察，很难发现左右墙壁之间被拉起了一根细而坚韧的天蚕丝，正好与成年人胫骨的高度一致。

爱伦·坡谨慎地跨过这根丝线后，加快了脚步，眼前的黑暗中出现了一个黄色的光圈，是埃勒里的手电筒。

“范、勒鲁，快下来！小心天蚕丝！埃勒里！”

埃勒里就倒在台阶下方。爱伦·坡捡起掉落在一旁的手电筒，照亮了范和勒鲁的脚下。

“喂，埃勒里，要紧吗？”

“不要紧。”埃勒里趴在水泥地板上，发出虚弱的声音，随即又抱住右脚踝痛苦地呻吟起来。

“脚扭伤了。”

“头部没受伤吗？”

“不知道。”

范和勒鲁也赶到了。

“来，搭把手。”

爱伦·坡抓住埃勒里的手臂。

“等一下，爱伦·坡，”埃勒里慢吞吞地抬起身子，“我不要紧，你们先检查一遍这个地下室。”

勒鲁从爱伦·坡手里接过手电筒，照亮了四周。

地下室约有十张榻榻米大，四面的墙壁和天花板都是斑驳的水泥，上面有几根管道，里边有一台类似发电机的机器。除此之外并没有显眼的东西。地上散落着木板、瓶瓶罐罐、水桶、布条……

“你也看见了，里面什么都没有，埃勒里。”

“什么都没有？”

在爱伦·坡和范的搀扶下，埃勒里站起身，喃喃自语，目光随着手电筒的光线扫视了一遍，又重新打起了精神。

“不可能什么都没有，勒鲁，仔细检查地板！”

勒鲁按照吩咐，又照亮了地下室的地面。

“啊，这里……”

四人所站的楼梯口附近，有一个半径两米左右的圆弧——这里没有任何杂物，更蹊跷的是，地下室内到处可见灰尘泥土，唯独这个圆弧内干干净净。

“怎么样，太不自然了吧？看来，有人打扫过。”埃勒里苍白的脸上浮现出不合时宜的微笑，“有人在这里待过。”

3

“没什么大碍，头部没受伤。”爱伦·坡边为埃勒里的右脚确诊边说道，“只是轻微的挫伤和擦伤，冷敷一个晚上就好了。你这家伙真走运，倒霉的话说不定连命都丢了。”

“我当时马上抱住了头。”埃勒里咬紧嘴唇，“太丢人了，我应该反省自己的轻率，轻易落入了对方的圈套。”

一行五人回到了十角馆。

埃勒里靠墙而坐，伸出双腿接受爱伦·坡的诊断。其余三人顾不上落座，忧心忡忡地站在一旁。

“我们应该从里面用绳子闩上大门，特别是太阳下山后，千万不要出门，有人想暗算我们。”

“可是，埃勒里，我真的无法相信。”

从蓝屋废墟回到十角馆的路上，埃勒里提出了中村青司就是凶手的说法，阿加莎对此一头雾水。

“中村青司还活着？可能吗？”

“地下室的状况就是证据，至少可以断言，最近有人在那里藏身。这个人推测我们总有一天会发现那个地下室，所以在入口设置了机关。今天真险啊，我差一点成为‘第三被害者’。”

“好了，埃勒里，”爱伦·坡为埃勒里包扎好之后，轻轻敲了一下他的膝盖，“今天晚上要少走路。”

“谢谢医生。咦，你去哪里？”

“我有一件事要确认一下。”

爱伦·坡大步穿过大厅，走出通向入口的大门，但不到一分钟就回来了。

“果然和我想的一样。对不起——”爱伦·坡愁眉不展地向埃勒里道歉。

“怎么了？”

“刚才的天蚕丝，是我带来的。”

“怎么回事？”

“是我的钓鱼线。来这里以后我就把钓鱼工具放在了入口大厅，刚才我看了一下，最粗的一卷线不见了。”

“原来如此。”埃勒里双手抱膝，“这里的入口没有上锁，不管青司还是谁，都可以随意进出，轻而易举就能偷走钓鱼线。”

“我不这样认为，埃勒里。”爱伦·坡坐在椅子上点燃一支香烟，“你凭什么断定青司还活着，而且就是凶手？”

“你不同意吗？”

“我不否认有这个可能性，但是我认为在现阶段一口咬定是外来者作案有失妥当。”

“哦？”埃勒里靠墙而坐，“看来爱伦·坡医生希望凶手在我们内部。”

“我不是希望凶手在内部，只是有所怀疑。埃勒里，我提议，所有人一起检查一遍每个人的房间。”

“检查随身物品吗？”

“没错。凶手身边应该有另外一套预告杀人的塑料板、奥希兹的左手和刀具，说不定还有毒药剩下来了。”

“你的提议很有道理。不过，爱伦·坡，假如你是凶手，会把可疑物品放在自己的房间里吗？如果有心藏起来，更安全的地方多的是。”

“可是，检查一下……”

“爱伦·坡，”范开口了，“我认为这样做反而更危险。”

“更危险？”

“如果凶手在我们当中，他也会和我们一起搜查所有的房间吧？这样一来，就等于给他机会光明正大地进入别人的房间。”

“范说得很对。”阿加莎表明自己的意见，“我不希望任何人进我的房间。凶手可以趁人不注意把塑料板啊什么的藏在别人房间里，说不定还会设置什么可怕的机关。”

“勒鲁呢？你怎么认为？”爱伦·坡绷着脸问。

“我更讨厌的是十角馆本身。”勒鲁垂头丧气地说，“前几天谁说过，看着墙壁眼睛都要花了，不光眼睛，脑子都不清醒了……”

4

“你刚才把盐放在那边了。”

阿加莎拿着小碟子尝了尝味道后，滴溜溜地转动眼睛，范在一旁客气地提醒她。

“你看得很仔细啊。”阿加莎回过头瞪大双眼，“是一个合格的看守。”她冷言冷语地讽刺范，声音却绵软无力，眼窝下出现了深深的黑眼圈。

两个人在十角馆的厨房。

借着从大厅拿过来的煤油灯的灯光，阿加莎正在准备晚饭，而范站在一旁留心观察她的每一个动作；其余三人在大厅，透过敞开的门不时窥探这边的动静。

阿加莎显得格外忙碌，似乎试图借此把所有的事驱逐出脑海。然而，因为心不在焉，她一直手忙脚乱，东张西望地到处找东西。

“糖在这里，阿加莎。”

范再次开口提醒。阿加莎肩膀一震，瞪起双眼睨视着范。

“不要太过分了。”她拢着用头巾扎起的头发，厉声叫道，“这么不放心我做的东西，为什么不吃罐头？！”

“阿加莎，我不是这个意思。”

“欺人太甚！”

阿加莎拿起一个小碟子扔向范，碟子擦着范的手臂砸在冰箱上。听到声响，大厅里的三个人迅速拥了进来。

“我最清楚，我不是凶手！”

阿加莎紧握双手歇斯底里地尖叫起来，浑身剧烈颤抖，

“凶手是你们之中的一个！还假装监视我！我绝对不是凶手！”

“阿加莎！”埃勒里和爱伦·坡异口同声地叫道。

“干什么？就算你们这样监视我，如果有谁吃饭中毒死了，还是会怀疑又是我捣的鬼！到时候你们会联合起来冤枉我是凶手！”

“冷静一点，阿加莎。”爱伦·坡的声音铿锵有力，他向前踏出一步，“谁也没打算这样做，你镇定一点。”

“别靠近我。”阿加莎怒视众人，一步一步地往后退，“不要过来。我知道了，你们是一丘之貉，四个人串通起来杀害了奥希兹和卡尔。接下来轮到我了？”

“阿加莎，冷静下来。”

“你们这么希望我是凶手，我就做一次凶手给你们看。对了，我做了杀人犯，就不用成为被害者了。啊，可怜的奥希兹，可怜的卡尔。没错，我就是凶手，我杀了两个人，现在要把你们也杀了！”

阿加莎完全失去了理智，疯狂挥动四肢。四个人好不容易按住她，把她拖到大厅按在椅子上。

“我受不了了，受不了了……”阿加莎无力地垂下肩膀，茫然地

看着空中，随后伏在桌上，全身剧烈地抖动起来。“让我回家，求求你们——我太累了，我要回家。”

“阿加莎——”

“回家，我要回家，我可以游回去……”

“阿加莎，冷静下来，深呼吸。”爱伦·坡用宽大的手掌抚着她的后背，“阿加莎，谁也没有把你当作凶手，谁也不会杀你。”

阿加莎像个闹别扭的孩子一样把脸埋在桌上，反复摇头，嘴里不断呓语般重复着“回家”，然后又轻声啜泣起来。

许久，她忽然抬起头，声音沙哑、不带任何感情色彩地说：“我要去做饭了。”

“不用了，我们会做的，你休息吧。”

“不行。”阿加莎甩开爱伦·坡的手，“我不是凶手。”

5

晚饭时，谁也没有吭声。

只要开口，难免触及事件，用沉默来逃避危机重重的现实，同时也是为了避免再次刺激阿加莎不堪一击的神经。

“阿加莎，你不用做什么了，去休息吧。”爱伦·坡点燃平时不在人前抽的香烟，柔声对阿加莎说。

阿加莎望着袅袅升起的烟雾，冷若冰霜地看着爱伦·坡。

“如果睡不着，我有药，你吃了药好好睡一觉。”

阿加莎顿时警惕起来。

“药？我不要。”

“别担心，是普通的安眠药。”

“我不要，绝对不要。”

“知道了。那么，这样吧，阿加莎——”

爱伦·坡打开挂在椅背上的布包，取出一个小药瓶，从里面倒了两颗白色药丸在自己的手掌上，然后当着阿加莎的面把两颗药丸分别掰成两半，把其中的两个半颗放在阿加莎手里。

“好了，我这就在你面前吞下我手里的两颗，你可以放心了吧。”

阿加莎沉默地盯着手里的药丸，轻轻点了点头。

“好，真是好孩子。”

爱伦·坡瘦削的脸上露出笑容，一口吞下了手里的药丸。

“你看，没问题吧。该你了，阿加莎。”

“我怎么也睡不着。”

“情有可原，神经太紧张了。”

“今天早上，我的耳边一直回响着卡尔的声音，刚打了个盹，就听见隔壁卡尔的房间里有动静。”

“我明白。你吃了药，就能一觉睡到天亮。”

“真的吗？”

“嗯，马上就能睡着。”

阿加莎终于把药放进嘴里，闭上眼睛吞了下去。

“谢谢……”她虚弱地对爱伦·坡微微一笑。

“好了，阿加莎，晚安，别忘记关好门窗。”

“嗯，谢谢，爱伦·坡。”

阿加莎走进自己的房间后，四个人纷纷叹息。

“你很有名医的风采，爱伦·坡，将来肯定是个好医生。”

埃勒里摇晃着手指间的香烟，微笑着说。

“真让人受不了了，连阿加莎女士都要崩溃了，到了明天，我们四个里也要有人出毛病了。”

“别说了，埃勒里，玩笑别开过头了。”

“我也不想开玩笑。”埃勒里一耸肩膀，“太严肃的话，就要轮到我发疯了，我今天也是捡回一条命。”

“有可能那是你自导自演的一场戏。”

“什么……算了，跟你生气也没用。这样说的话，阿加莎也可能在演戏。”

“如果凶手在我们内部，大家机会均等，谁也脱不了嫌疑。”范咬着手指甲说，“只有自己才能确定自己不是凶手，归根结底，只有自己能保护自己。”

“啊……这到底是怎么回事啊。”勒鲁把眼镜扔在桌上，双手抱头。

“喂，不会连你也要歇斯底里了吧。”

“我没这份力气。埃勒里，凶手为什么会做出这些疯狂的举动呢？不管是我们当中的某人还是中村青司……动机到底是什么呢？”勒鲁瞪着又小又圆的眼睛说道。

“动机啊——”埃勒里咕哝道，“肯定有什么动机。”

“我反对把中村青司当作凶手。”范烦躁不堪地说，“中村青司仍然活着这一点不过是埃勒里的想象。即使这是事实，就像勒鲁说的一样，他为什么要杀我们？太不可理喻了。”

“青司啊——”

自从昨天埃勒里提出中村青司仍然活在人世这个推测后，每次听到这个名字，勒鲁总会感到胸口一阵悸动。

扔在桌上的眼镜片映着煤油灯的火苗，勒鲁注视着摇曳的火苗，似乎有什么东西（……记忆吧）要涌上心头，可是又想不起来到底是什么。其中似乎还掺杂着更新的记忆，让他坐立不安。

（是什么呢？）

勒鲁在内心反复追问自己。

新的记忆肯定是来到角岛后才产生的，自己曾经在某处无意间看见了什么，而且，这件事非常重要……

“爱伦 · 坡，”今天起床后一直头痛欲裂，别胡思乱想了，今天好好睡一觉吧——勒鲁心想，“也给我几颗药吧。”

“啊，没问题，刚过七点，就打算睡觉吗？”

“嗯，我头痛。”

“啊，那我也睡了。”爱伦 · 坡把药瓶塞到勒鲁手里，嘴里叼着香烟，站了起来，“刚才吃的药好像起作用了。”

“爱伦 · 坡，也给我几颗吧。”范慢慢从椅子上抬起身。

“啊，一颗就够了，药性很强。埃勒里呢？”

“我不用，自己能睡着。”

没过多久——

桌上的煤油灯熄灭了，十角形的大厅被黑暗笼罩。

第八章　第四天·本土

1

“我真的可以一起去吗？”坐在从 O 市前往龟川的车里，江南向岛田确认。

岛田双手紧握方向盘，注视着前方，不住地点头。

“没关系，千织和你是朋友，你又是那封怪信的受害者。再说了，如果我在这里抛下你不管，你也不乐意吧？”

“嗯，这倒也是。”

前天晚上守须的忠告仍然盘桓在心头，久久没有散去。

仅仅为了满足自己的好奇心，就可以涉足别人的私生活吗？

岛田却说自己和红次郎的关系没那么见外，还说守须的想法和态度太过古板。

江南很理解岛田的心情。最初饶有兴趣参加这次推理游戏的守须，突然摆出清高的姿态，这让江南束手无策。然而，话又说回来，三天前刚拜访过红次郎，今天又恬不知耻地去打扰，江南也感到强烈的抵触和内疚。

“你如果觉得不妥，江南，我们就对红次郎说，这三天里我们已经成了亲密无间的好朋友，是我拽着你一起来的。怎么样，这样行了吧？”

听到岛田一本正经地这么说，江南打心眼里觉得这是个有意思的人。

他不仅是好奇心旺盛，而且具备远胜过自己的敏锐观察力和洞察力。前天晚上，守须提到中村青司仍然活着的可能性，而岛田早已想到并且斟酌过了这个可能。

守须和岛田之间决定性的差别在于，守须在某种意义上是保守的现实主义者，岛田却宛如一个心怀梦想的孩子，是一位浪漫主义者。他调查自己感兴趣的事件，发挥奔放的想象力，进而引导出某种自己认同的可能性，随后将其升华为“梦想”。因此——

也许对岛田来说，产生的“梦想”和现实是否一致，倒不是一个最重要的问题。

汽车从国道转入小路，眼前出现了熟悉的街道。

从半开的车窗外飘进来的空气混杂着温泉特有的气息，通常被形容为“臭鸡蛋味”——江南却并不讨厌硫化氢的味道。

下午三点过后，两人抵达了红次郎的家。

“他今天应该在家。”岛田站在红次郎的家门口嘀嘀咕咕，“他工作的高中在放春假，就算去了学校，今天是星期六，也应该早就回来了，平时他很少外出……”

“您没有事先打电话联系吗？”江南问。

岛田不置可否地点点头。“阿红喜欢不速之客。”

“嘿。”

“是个怪人吧？当然了，也要看来的是谁，我算是他的至亲好友。”岛田说着，眨了一下眼睛，开心地笑了。

吉川诚一打理过的庭院中依旧繁花似锦，隔着屋顶能看见对面的樱花已经结满了硕大的白色花蕾，走在石板路上，雪柳树的花瓣纷纷扬扬落在肩头。

按响门铃后，里面随即传来应答声。

“哦，岛田啊。另外一位是江南吧？”

红次郎今天的穿着依然非常正式，黑色长裤上配了一件黑色的竖条纹衬衫，外面罩了一件浅咖啡色的粗针对襟毛衣。

看见江南，红次郎似乎并不惊讶，像上次一样，他把两人请到里间的和室。

岛田一屁股坐在套廊的藤椅上，江南和红次郎打过招呼后，才在沙发的一角坐了下来。

“今天有何贵干？”红次郎一边泡红茶一边问岛田。

“有事想问你。”岛田把摇椅向前倾，两肘支在膝上，“我先问你，阿红，前天晚上你做什么了？”

“前天晚上？”红次郎莫名其妙地看了岛田一眼，“学校放假，最近我每天都在家。”

“是吗？前天——二十七日晚上，我路过这里，你好像不在家。”

“那真是对不起了。我有一篇论文快到交稿时间了，最近两三天为了赶稿都假装不在家，暂时谢绝电话和访客。”

“太差劲了，真不够朋友。”

“对不起，如果知道是你，我肯定会开门的。”

红次郎给两人端上红茶后，坐在江南对面的沙发上。

“你想问我什么？江南和你一起来了，看来还是和盗用家兄名义写的那封信有关吧。”

“对，不过今天的目的稍有不同。”岛田喘了口气，“其实，今天想打听一些和千织小姐有关的事。”

红次郎立即停下了正准备把茶杯端到嘴边的手。

“有关千织？”

“阿红，我要问你几个不中听的问题，你可能会气得打我。”岛田开门见山地问，“千织小姐莫非是阿红的女儿？”

“一派胡言！怎么突然这样说？”

红次郎当即矢口否认，江南却留意到他的脸色刹那间变得十分苍白。

“不是吗？”

“当然不是。”

岛田从藤椅上站起来，挪到江南旁边，红次郎则怫然不悦地抱着双臂。岛田目不转睛地看着他的脸。

“我承认自己很无礼，你生气也是必然的。可是，阿红，我必须知道事实，千织小姐是你跟和枝的孩子吧？”

“信口雌黄也要适可而止。你有什么证据吗？”

“我没有确切证据，可是种种迹象表明了这一点。”

“别说了。”

“前天，我和江南去安心院，见到了失踪了的吉川的妻子。”

“吉川的妻子？为什么去见她？”

“那封奇怪的信让我压抑不住调查去年角岛事件的念头，我们由此得出的结论是，中村青司仍然活着，而且他就是那起事件的凶手。”

“乱弹琴。家兄已经死了，我亲眼见到了尸体。”

“烧成焦炭的尸体吗？”

“这……”

“那是吉川诚一的尸体。青司是罪魁祸首，他杀害了自己的妻子和枝以及北村夫妇，还把吉川当作替身烧死，自己却苟活了下来。”

“你的想象力让人叹为观止，你就是这样把我和大嫂想象在一起的吗？”

“算是吧。”

岛田毫不退让。

“青司就是凶手，那么是什么事情导致他连杀四人呢？不记得在什么时候，阿红这样说过，‘家兄一直深爱着和枝，他的热忱非同寻常’。青司年纪轻轻就隐居在那个岛上，是因为他要让和枝只属于自己，要把她关在那个岛上。他亲手杀死了自己无比挚爱的妻子，唯一的动机就是嫉妒。”

“你就凭这个胡编乱造了我和大嫂的关系吗？”

“我听吉川的妻子说，青司不太疼爱自己的女儿，而另一方面，他却深爱和枝。那么，他没有理由不喜欢两人之间爱情的结晶，何况千织是一个女孩。这两点很矛盾，这至少可以说明青司一直怀疑千织的父亲不是自己。”

“家兄是个怪人。”

“虽然是个怪人，但也是个爱妻子的人，他不喜欢爱妻生下的女儿，难免让人浮想联翩。”

岛田斩钉截铁地下此论断后，继续侃侃而谈。

“问题就在这里，假设刚才的设想是对的，那么千织真正的父亲是谁呢？有几个情况把矛头指向了你。和枝夫人在岛上与世隔绝，却仍然有机会接触年轻男子；在千织出生前后，你们的兄弟关系突然恶化……”

“不像话！不要再说了！岛田，不管你怎么说我都否认，这根本不是事实。”红次郎气冲冲地摘下玳瑁边眼镜，“我再次强调，家兄不在人世，他已经死了；而我和那起事件毫无瓜葛。”红次郎的语气坚定，却没有正视岛田，膝盖上的双手微微抖动。

“那么，阿红，我问你一件事。”岛田说，“去年的九月十九日——蓝屋失火的前一天，你记得吗？你平时很少喝酒，那天却突然打电话约我出去喝酒。我们去了好几家酒馆，你喝得烂醉如泥，依我看，你根本是借酒消愁。”

“那次吗？你何出此言？”

“喝醉了以后你哭了。你不记得了吧？我送你回家，两个人一起倒在沙发上。你一边哭嘴里一边反复念叨：‘和枝，原谅我，原谅我吧。’”

“这，这……”红次郎脸色陡变。

岛田接着往下说：“当时我也醉了，所以没有在意。得知角岛事件后，我也有自己的烦心事，顾不上回忆那天晚上的事。现在想来……”岛田深深地叹了一口气，“九月十九日的夜晚，阿红你已经知道角岛出事了。没错吧？”

“你怎么……”红次郎低下了头，“你凭什么认为当时我已经知道了？”

“是凶手青司直接通知你的。”岛田用锐利的目光审视红次郎，“和枝的尸体上不见了左手，那是被青司切断的。他把那截断肢寄给了你，你是十九日收到的吧？收到后，你担心自己的丑事败露，没有报警，只能借酒消愁。”

“我、我……”

“我不知道你跟和枝的具体情况，也不打算追问。即使因此造成青司疯狂杀人，谁也无权指责你。可是，如果你在十九日马上报警，也许能避免北村夫妻和吉川的丧命。所以，阿红，你当天的沉默仍然是一种罪。”

“罪啊——”红次郎忽然站了起来。

“阿红——”

“够了，岛田，足够了。”红次郎避开岛田的视线，萎靡不振地来到走廊上，“那是——”

院子里有一棵紫藤。

“那是千织出生那年种下的。”

2

江南似乎还没有回来，房间里没有灯。

一看手表，是晚上十点十分，应该不会已经睡了吧……

守须把摩托车停在江南的公寓门口，走进马路对面的咖啡店。

这家店营业到晚上十二点。平时的这个时间段，店里挤满了住在附近的学生，但现在是春假期间，只是零零落落地坐着几个客人。

守须在面对马路的窗边找了个座位。

咖啡端上桌后，守须没有加糖和奶就端了起来。他想，如果喝完这杯咖啡江南还没有回来，自己就该走了——也不是非见他不可，等一下打电话也行。

（这家伙还是老样子，三分钟热度，现在差不多要厌倦侦探的把戏了吧。）

守须点燃一支烟。

是那封“死者来信”煽动了江南的好奇心，这的确足够刺激。

得知研究会的其他成员去了角岛，他再也按捺不住，大老远跑到别府去拜访红次郎，还来和自己商量。一般情况下，热度升到这儿就差不多该减退了。然而……

岛田洁的面容浮现出来。

那个人头脑灵活，绝不仅仅是出于好奇心。他孩子般的探索之心和刨根问底的态度，实在令人反感。

对那封怪信感到好奇在情理之中，由此想到追究去年的事件也是出于对推理的兴趣，可是……

守须懊悔自己让他们去拜访吉川诚一的妻子，当时也不知怎么了，没考虑周全就提了这个建议。站在吉川政子的立场上，突然有人找上门来盘问，对背负杀人犯污名的丈夫追根究底，她到底做何感想呢？

听完两人的陈述后，守须阐述了中村青司有可能活着的推测；然而在现实中，青司不可能还在世上，这个假设无非是为了给推理狂人的侦探游戏划上一个休止符。

出乎意料，岛田却开始琢磨角岛事件的动机，并且注意到了和枝夫人和红次郎的关系，最后抛出了千织有可能是红次郎的女儿这个言论，甚至打算当面询问红次郎……

烟呛进了喉咙。守须无法排遣心中的郁闷，喝了一口苦涩的咖啡。

三十分钟后，正准备出门的时候，江南的公寓门口来了一辆红色的马自达。看清从里面下来的人后，守须离开了座位。

“江南。”

“哟。”听见守须的招呼声，江南挥了挥手，“果然是你啊，我看这辆摩托车眼熟，这栋公寓里没人骑这个型号的越野摩托车。”

江南说着，看了一眼停在路边、沾满了泥污的摩托车——雅马哈 XT250。

“你特意来看我吗？”

“不，顺路。”守须拍了一下挂在手臂上的背包，又抬起下巴示意绑在机车后架的画具袋，“我今天又去了国东，刚回来。”

“画进展得怎么样？”

“明天再去一次国东就行了，画好以后给你看。”

“哦，守须。”岛田走出驾驶室，一看见守须就笑容可掬地走上来。

“晚上好。今天去了哪里？”守须的声音很不自然。

“啊，去了阿红……不，开车去别府兜风了。唔，我和江南很合得来，今天晚上一起去他房间喝酒吧。”

岛田和守须在江南的招呼下走进房间。江南七手八脚地收拾好凌乱的被子，拿出折叠式的桌子，开始准备酒菜。

“守须呢？喝酒吗？”

“不，不喝，等一下还要骑摩托车回去。”

岛田一进房间就站在塞得满满当当的书架前，逐一审视书名。

守须盯着江南把冰块放入杯中的手，问道：“那件事怎么样了？”

“啊——”江南闷闷不乐地回答，“昨天去了 S 区，从海边远眺角岛，听到了几个关于幽灵的传说。”

“幽灵？”

“就是那种老掉牙的传说，岛上有青司的幽灵一类的。”

“唔。今天呢？不是去兜风了吧？”

江南困窘地撇着嘴唇。“啊，其实……”

“最终还是去了红次郎家？”

“是啊，没有听你的劝告。真不好意思。”江南停下倒酒的手，垂下了头。

守须轻叹一声，斜过身盯着江南的侧脸。

“那么，结果怎么样？”

“基本上了解了去年的事件，红次郎都说了——岛田先生，酒好了。”

“你是说知道了事件的真相？”守须惊愕失色。

“是啊。”江南点点头，喝了一口酒。

“到底怎么回事？”

“那起案件，是青司谋划的‘强迫殉情’。”

江南开始讲述事件的前因后果。

3

“那是千织出生那年种的。”红次郎的声音颤抖着。

“那棵紫藤？”岛田不解其意，“为什么？”

还没说完，岛田就自言自语般叨念着“啊，这样啊”，然后对云里雾里的江南解释道：“《源氏物语》，江南。”

“《源氏物语》？”

“唔，没错吧，阿红？”岛田看着走廊里的红次郎，“光源十分迷恋父亲的妻子藤壶，多年以后，和她有了一夜情缘。然而，就是那个晚上，藤壶有了身孕，从此他们一个欺骗自己的丈夫，一个欺骗自己的父亲……”

红次郎把大嫂和枝比喻为藤壶。

罪孽之子千织出生了，恋人也由此远离了自己，怀着满腔的思念之情，他种下了这株紫藤。藤壶一生都没有忘记自己和光源犯下的错误，一生都没有原谅自己。红次郎的恋人也和藤壶一样……

“你说过你一直很喜欢《源氏物语》，所以……”岛田从沙发上站起身，走到红次郎身后，“青司有所察觉了吗？”

“不，我认为家兄只是心存疑惑，同时极力在心里否认这件事。”红次郎面对庭院，“家兄才华横溢，但作为一个普通人却在性格上有所欠缺。他狂热地爱着大嫂，可是在我看来，这是一种可怕的独占欲。他一味索取，对大嫂的爱是一种扭曲的情感。家兄自己想必也意识到了，对大嫂来说，自己不是一个好伴侣，因此他惴惴不安，一直怀疑大嫂，我认为他对千织的感情也是如此。然而另一方面，他试图相信千织是自己的孩子——有一半相信。就是这一半相信，成了二十年来他和妻子之间的纽带，也借此保持了心态平衡。然而，千织死了。两人之间唯一的牵绊随着女儿的猝死而断裂，他的疑心一发不可收拾，认为妻子并不爱自己，却爱着别人——自己的亲弟弟。他为此痛心疾首，精神崩溃……最终，家兄亲手杀死了大嫂。”

红次郎一动不动地凝视着长出了新叶的紫藤架。

“角岛事件，是家兄杀死大嫂后再自杀殉情。”

“殉情？”

“对。那天——九月十九日下午，岛田，你没说错，我那天收到了家兄寄来的包裹，密封在塑料袋里的是一只鲜血淋漓的左手。我认出了无名指上的戒指，立刻知道发生了什么事。我打电话到蓝屋，等了很久，家兄才接起了电话。他又哭又笑地说，和枝永远属于自己，还要让北村夫妇和吉川以死来为他们饯行……他当时已经完全疯了，我说什么他都不听，在电话里大吼大叫，满嘴胡言乱语，说自己很快就要开始新的人生，什么来自地狱的祝福，让我珍惜收到的礼物……然后他不由分说就挂了电话。我认为家兄不可能还活着，就算在物理上有可能性，在心理上也绝对不可能。他不是因为杀了大嫂才自杀，而是自己再也活不下去了，所以带她一起上路了。”

“阿红，可是——”

“岛田，江南，中村青司已经自杀身亡了。杀死大嫂后，他隔了几天才死。他不是为了向我复仇而特意把她的手寄给我，眼睁睁地看着我伤心欲绝；那几天当中，他肯定一直紧紧地拥抱着活着的时候始终无法得到的妻子。”

红次郎沉默下来，背影瞬间比刚才苍老许多。

他像石雕一样凝望着紫藤架。到底在看什么呢？江南在心里思忖。

是自己深爱的惨遭横死的恋人吗？是杀死了恋人的兄长吗？还是遭遇不幸离开人世的女儿呢？

啊，对了。岛田分析得没错，红次郎才是千织的父亲，由此一来，仇恨那些导致千织丧命的学生的应该是……

“阿红，我还有一个问题。”岛田打破了令人窒息的沉默，“你怎么处理了和枝的手？现在在哪里？”

红次郎一言不发。

“阿红……”

“我知道，你想说你的目的是了解事实，并不打算通知警方。我知道，岛田。”红次郎再次指着庭院里的紫藤，“那里，她的左手待在那棵树下。”

“守须，你说得很对。”江南再次端起酒一饮而尽，“虽然这么说对岛田先生很失礼，但是打听到了这些原本不应该打听的隐私，我觉得心里很不是滋味。”

守须默默地抽着烟。

“红次郎先生断定中村青司已经死了，我认为值得相信。剩下的问题就是那封信。”

“你怎么看吉川诚一的失踪？”守须问江南，似乎同时也在问自己。

“岛田先生也对这一点百思不得其解，不过既然找不到尸体，看来还是失足掉进海里被冲走了吧。”

江南偷看了一眼靠墙坐着的岛田。他一只手握着酒杯，在翻看从书架里抽出的书，不知道是否听到了两人的对话。

“总之——”江南拍了拍被酒精润红了的脸颊，“侦探活动到此为止，下星期二那些人回来后，也许就能知道这封怪信的幕后策划人了。”

第九章　第五天

1

整个晚上噩梦缠身，虽然回忆不起梦的情节，无边的梦魇却压得人透不过气来。

被自己踢飞的毛毯掉在床边，衬衫皱巴巴的——昨天晚上没有换睡衣就睡了。全身上下大汗淋漓，喉咙里却渴得冒烟，嘴唇干裂疼痛。

勒鲁坐在床上，双手抱住身体，缓缓地摇晃脑袋。

头痛渐渐退去，脑子里一片茫然，意识蒙眬之间感觉自己的身体和周围环境脱节，完全没有真实感。

从百叶门的缝隙中透进来的光芒宣告了黑夜的结束。

勒鲁伸出绵软无力的手，捡起毛毯搭在膝盖上。

意识模糊的脑海中出现了一个四方形的屏幕，四周是仿佛感光胶卷一般的黑色，越到中间颜色越白。画面上逐一出现四天前刚上岛时同伴们的脸部特写。

埃勒里、爱伦·坡、卡尔、范、阿加莎、奥希兹。大家——包括自己在内的七个人期待着这次冒险之旅，至少在勒鲁看来是这样的。无人岛特有的充满解放感的环境、对过去杀人事件的好奇心、若有若无的惊险、偶然的事件和摩擦，这些反而增加了刺激感，一个星期的时间似乎转瞬即逝。然而——

扁塌塌的短发和浓密的眉毛下，一双东张西望的大眼睛，布满雀斑的潮红脸颊。她的脸突然肿胀发紫，颤抖扭曲，接着又松弛下来，牢牢缠在粗短脖子上的绳索变身为一条蠕动的黑色毒蛇。

（啊，奥希兹、奥希兹、奥希兹……）

勒鲁双手握拳用力敲打自己的头，什么也不愿意再想起。可是——

意识似乎不由自己掌控，放映机继续转动，画面上的影像清晰可见。

歪着嘴，诡异的笑容，向上翘起的下巴，凹陷的三角眼。接下来是卡尔，骨骼粗大的身体痛苦地扭成一团。桌子摇晃起来，椅子被踢倒在地，他全身剧烈地痉挛，呕吐，然后……

“……为什么？”勒鲁自言自语，“为什么呢？”

埃勒里倒在幽暗的地下室里、爱伦·坡严厉的声音、范苍白的脸色、阿加莎歇斯底里的举动……

在剩下的这些人当中有一个杀人犯。不，是不是有一个外来者潜藏在这个岛上呢？

埃勒里认为中村青司仍然活着。素未谋面的他为什么要置所有人于死地呢？

脑海中的屏幕上出现了一个黑色人影，轮廓模糊，影子在不规则地摇晃。

中村青司，建造这栋十角馆的人，去年九月被警方认定死在蓝屋。如果他还在人世，说明他就是那起案件的元凶。

(中村青司……中村……中村……)

“……呃，”勒鲁悚然一惊，“中村？”

黑影逐渐成形，在半梦半醒之间，记忆中终于出现了一个身材娇小、皮肤白皙的女性。

(难道说，这……)

这又是一个噩梦吗？中村千织居然是中村青司的女儿，真的会有这种事吗？

勒鲁再次用拳头敲打自己的脑袋。

深夜的街道、嘈杂的人声、冰冷的晚风。大家涌进一个小酒馆喝第三轮酒。发光的酒杯、冰块撞击酒杯的声音、刺鼻的酒味、喊叫声、陶醉、喧闹、各种疯狂。没多久……乐极生悲、狼狈不堪、心惊肉跳的救护车警笛声、旋转的红灯……

“绝对不可能有这种事。”勒鲁故意抬高嗓门以遮盖在耳膜深处逐渐高涨的噪音。他如坐针毡，浑身大汗，不断旋转的红光刺激着他的神经。

勒鲁抱住头，抑制不住地要嘶喊起来。

突然，一个迥异的场面浮现在屏幕上，所有的声音和灯光都消失了。

(啊……是什么呢？)

勒鲁似乎置身事外。

这是什么？这是哪里？是大海。波浪在耳边翻滚，潮水的味道钻进鼻孔，水面动荡不安，波涛拍打着黑色的礁石，又瞬间退去，只留下一条白线。这里是，这里是……

（……是昨天。）

勒鲁一把掀开膝盖上的毛毯，心中的那个画面仿佛拉上了窗帘，恐怖感顿时消失。

这是昨天看见的景象。大家在蓝屋遗址旁的悬崖上搜寻过往船只，这是当时俯身看见的岩区。如此说来，前天曾经和埃勒里一起下去过。当时好像……

心里始终不能释怀。

勒鲁清楚自己的意识并没有完全清醒。刹那间，他意识到独自外出有可能招来杀身之祸，然而这个想法立即被他尘封在了内心深处。

勒鲁摇摇晃晃地走下床。

阿加莎把门打开一条缝，窥探着大厅。

室内空无一人，似乎都没有起床。

昨天服用了爱伦·坡给的安眠药，很快就入睡了。整夜睡得很沉，半夜里一次都没有醒过，也没有做梦，在这种危机四伏的情况下难得有如此充分的睡眠。

身体的疲劳得以恢复，几乎绷断的神经也渐渐平静下来。

（先向爱伦·坡道个谢。）

阿加莎蹑手蹑脚地走进大厅。

她沿着墙壁慢慢靠近盥洗室，高度警觉地环视四周，竖起耳朵仔细倾听。

即使在晨光中，十角形大厅依然呈现出奇妙的歪曲，目光在不经意间被白色的墙壁上随处可见的微妙阴影吸引。

看来还没有人起床，耳边传来的只有断断续续的波浪声。

阿加莎走进盥洗室，半敞开门，同时没有忘记确认里面的马桶处和浴室是否有危险。

她面对化妆台，从镜子里看见身穿白色连衣裙的自己。

黑眼圈淡了一些，然而比起五天前刚上岛的时候，脸色苍白憔悴了许多，蓬乱的头发散落在脸上，这个容貌枯槁的人果真是自己吗？

阿加莎用梳子梳理头发，长吁短叹起来，原因之一是接连发生的命案，而让她揪心的是昨天晚上自己丑态百出。

风姿绰约、气质高雅——这是阿加莎对自己的要求。无论何时何地，阿加莎一直认为自己是美丽动人的，并且深以为傲。

然而，洗好脸重新审视镜子里——

美丽高贵消失得无影无踪。

阿加莎伤心欲绝。

（要把自己的肤色画得更靓丽才行。）

阿加莎打开化妆包。非同寻常的事件、非同寻常的状况、非同寻常的立场……在这个让人精神崩溃的现实中，这是她唯一的安慰。

（今天不用玫瑰色的口红，改用红色。）

如今，在这个岛上，她再也不理会任何人的目光；唯一在意的，是镜子里自己的目光。

2

范被床边的闹钟唤醒。

(……上午十点，该起床了。)

肩膀僵硬，浑身关节酸痛——昨天晚上的睡眠质量并不好。

范揉着浮肿的眼皮，胸口一阵恶心。

(大家还在睡觉吗？)

范侧耳倾听，同时点燃了一支香烟。吸进肺里的烟让他头晕目眩，自己心里很清楚，自己在肉体上与精神上都已经不堪一击。

(能平安回家吗？)

他茫然地望着半空，前思后想。

坦白说，他心惊胆战，惶惶不可终日，希望能像个孩子一样放声痛哭，飞身逃离这里……

范哆嗦了一下，熄灭烟，站了起来。

走出大门，他一眼发现隔了两个房间的一扇门半开着，那里是厨房旁边的盥洗室。

已经有人起床了吗?

(可是没有任何动静，有人进厕所后忘记关门吗？)

门开向厨房一侧，范走过去，沿着十角桌从右侧绕过去，仍然没有听见声音。

范逐一扶着桌子周围的蓝色椅背，心脏剧烈地跳动起来。顺着桌子慢慢转过去，门内的景象映入了眼帘。片刻之后……

“喀！”

范的脖子似乎被人勒住，痛苦地发出一声惨叫，刹那间胆裂魂飞，驻足原地动弹不得。

盥洗室的门里，有一个白色物体倒在地上。

蕾丝连衣裙、地上的手臂、散落的黑发——这是阿加莎的身体，躺在地上纹丝不动。

“啊……啊……”

范用右手捂住嘴，一步也迈不动，喉咙深处是大声呼救和呕吐的冲动，可是无论怎么努力也发不出声音。

他一只手搭在椅背上，身体蜷缩成一团，拼命挪动着筛糠般的双腿，迈向爱伦·坡的房间。

听到门被拍得山响，爱伦·坡一翻身下了床。

“怎么了？出什么事了？”

睡意刹那间散去，爱伦·坡掀开毛毯扑向大门。

“谁？出什么事了？”

没有回音。

敲门声停止了，取而代之的是类似呻吟的喘息声。爱伦·坡不假思索地打开门锁，转动门把手；然而门似乎被东西抵住了，推不开。

“喂，谁啊？谁在门口？”

爱伦·坡把整个身子压在门上，用肩膀顶开门，从门缝里挤了出去。

靠在门口的是范，他双手捂住嘴巴蹲在地上，背脊剧烈地起伏着。

“怎么了，范？没事吧？”

爱伦·坡抚摸着范的后背，范伸出一只手指着隔壁的盥洗室。

“呃……”

“那里有什么东西吗？”

“阿、阿加莎……”

“什么？”爱伦·坡立刻放开手，“阿加莎？范，你不要紧吧？”

范痛苦地点了点头。爱伦·坡一个箭步冲到盥洗室门口，往半敞开的门里一看，随即发出惊天动地的声音。

“埃勒里！勒鲁！起来！快起来！”

急促的敲门声惊醒了睡梦中的埃勒里。

不是自己的房门。他正猜测是否出了事，就听见一个人的怒吼声。

（爱伦·坡的声音。难道……）

埃勒里快速起身下床，披上毛衣，绑着绷带的右脚已经不太疼了。

爱伦·坡的声音继续响起，对方似乎是范，随后听见“阿加莎”这三个字。

刚要转动门的把手，就听见爱伦·坡厉声疾呼自己和勒鲁的名字。

“怎么了？”埃勒里一把打开门。

范趴在爱伦·坡的房门口，爱伦·坡的房间右侧——也就是埃勒里的房间正对面——是盥洗室。眼下盥洗室的门大开，倒在地上的是阿加莎吗？爱伦·坡单膝跪在她的身边。

“阿加莎被杀了吗？”

“好像是。”爱伦·坡回头看了埃勒里一眼，“范很不舒服，你帮他一把，让他吐出来就好了。”

“知道了。”

埃勒里跑过去，把范扶到厨房。

“你不是被人下毒了吧？”

“不是，看到阿加莎我突然就……”范趴在水池上，痛苦地喘气。

埃勒里轻抚他的背部。“喝点水吧，胃里什么也没有，吐也吐不出来。来，范。”

“没关系，我自己来，你先去那边看看。”

“好。”埃勒里转身走出厨房，跑到爱伦·坡身边。“爱伦·坡，阿加莎死了吗？”

爱伦·坡闭上眼睛，点点头。“又是中毒，这次是氰化钾。”

阿加莎被爱伦·坡翻了个身，仰面躺在地上。她双眼圆睁，微张着嘴，凝固的表情里，比痛苦更多的是惊愕。

爱伦·坡合上阿加莎的双眼后，她的表情瞬间变得很安详。阿加莎似乎刚刚在这里化完妆，光洁的面颊栩栩如生，嘴唇鲜红欲滴。若有若无地飘浮在空气的味道，正是爱伦·坡得出结论的依据。

“啊……”埃勒里蹙起眉头，“这就是所谓的苦杏仁味吗？”

“对。埃勒里，我们先把她抬回房间。”

爱伦·坡把手搭在尸体的肩膀上，这时，脸色煞白的范踉踉跄跄地从厨房里走了出来，把瘦弱的身体靠在墙壁上。

“对了，勒鲁呢？他怎么了？”范环顾大厅。

“勒鲁？”

“这样说起来……”

埃勒里和爱伦·坡把目光投向勒鲁的房门，然后同时惊呼起来。

第三受害者

标记着这几个红字的塑料板悬挂在勒鲁的房门上，肆无忌惮地嘲笑着他们。

3

“怎么回事？难道阿加莎是第四受害者吗？那勒鲁……”

埃勒里风驰电掣地冲向勒鲁的房间。

“勒鲁！勒鲁！——不行，门上锁了。范，你有备用钥匙吗？”

“我怎么会有，这里又不是饭店。”

“只能破门而入了。埃勒里，让开。”

“等一下。”埃勒里伸出手制止了准备撞门的爱伦·坡，“门是朝外开的，很难撞开，我们去外面砸开窗户比较快。”

“对，拿一把椅子过去吧。”爱伦·坡回头冲范叫道，“你也一起来。”

“你们快看。”向大门口走去的埃勒里对两个人说，“看，绳子被解开了。”

埃勒里指着通向入口处的大门。昨天绑住两个把手的绳子已经解开，其中一端垂落下来。

“有人出去了。”爱伦·坡抬起一把手边的椅子，“那么，勒鲁……”

“谁知道呢？”埃勒里怏怏不乐地说，“快点，先看看他的房间再说，空想也无济于事。”

爱伦·坡举起椅子，使出浑身力气砸了下去，重复几次后，勒鲁房间的窗户被砸开了。

看起来相当牢固的百叶门被敲坏，内侧玻璃和横档也被撞破了，把手伸进去拉开挂钩并不困难，解开绑住内侧把手的绳带是最费事的。

窗户大约齐着中等身材的范的胸口。个子最高的爱伦·坡踩在被砸坏的椅子上，轻盈地跃入了房间。埃勒里紧随其后，范则按住胸口紧靠在窗下。

然而——

勒鲁不在房间里。

出门后再也没有回来。

潮湿温暖的空气贴在肌肤上。昨天晚上似乎下过雨，脚下的草地踩上去又湿又软。

跳下窗口后的爱伦·坡和埃勒里呼吸急促，肩膀上下起伏。

“我们分头找吧。他可能已经不在人世了。”埃勒里弯下膝盖，揉了揉右脚。

“脚不痛吗？”爱伦·坡问。破窗而入时玻璃碎片划破了坡的右手背。

“没关系，走路应该不要紧。”

埃勒里站起身看了一眼范，范蹲在草地上，身子一直哆嗦。

“范，你在门口等我们，等我们叫你再过来，你休息一会儿就会平静下来。”埃勒里调整自己的呼吸，镇定自若地发号施令，“爱伦·坡，你去海湾那边看看，我检查十角馆和蓝屋附近。”

埃勒里和爱伦·坡分头行动后，范缓缓地站起来，走向十角馆。

刚才涌上来的胃液的酸苦味依旧附在舌尖上，恶心的感觉已经消退了不少，胸口却依然仿佛堵了一块铅。

天空灰蒙蒙的，没有一丝风，温度并不低，穿着毛衣的身体却一直在发抖。

好不容易走到了大门口，范坐在被雨淋湿的台阶上，双手抱膝，缩成一团。他喟然长叹，心头的郁闷逐渐得到了缓解，身体却仍然哆嗦个不停。

他眺望着四周寂寥惨淡的松树林。

“范！爱伦·坡！”

远处传来埃勒里的呼唤，声音来自右边的蓝屋废墟。

范站起身，脚下软绵绵的。他尽力加快脚步往蓝屋走去，只见爱伦·坡从海湾方向一路飞奔而来，两人在环绕废墟的松树缺口处碰头了。

“爱伦·坡，范，这边。”

穿过松枝拱门，只见在睡衣外披了一件毛衣的埃勒里站在空地中央，向两人挥手。从十角馆望过去，这里正好是被松树遮住的一个死角。

两人急忙跑上前，当即大惊失色，倒吸了一口冷气。

“已经死了。”埃勒里无力地摇着头，吐出这句话。

勒鲁俯身倒在地上，身穿黄色衬衫和牛仔裤，牛仔上衣的袖子被卷上去了。他的双手伸向十角馆的方向，偏向一旁的脸有一半埋在黑土中，眼镜掉在右手边。

“是被打死的，大概是被这里的石头或瓦砾砸破了头。”埃勒里指着尸体上沾满污血的后脑勺。

见到此情此景，范的喉咙里“咔咔”作响。他连忙捂住嘴巴，原本已经消退的呕吐感再度涌了上来。

“爱伦·坡，你检查一下。你肯定也很不好受，不过只能拜托你了。”

“啊，好。”爱伦·坡弯下身蹲在尸体旁边。他抬起勒鲁沾满污血和泥土的头，仔细审视他的脸——圆眼珠瞪得老大，舌头伸出来，整个表情惊恐万状、痛苦不堪。

“已经有了尸斑。”爱伦·坡瓮声瓮气地说，“不过用手一按就不见了。尸体僵硬情况——唔，相当严重，因为和气温有关。我不确定具体的死亡时间，死了差不多五六个小时，算起来——”爱伦·坡看了一眼手表，“大概是今天早上五六点左右被杀的。”

“天快亮的时候。”埃勒里小声说。

“先把勒鲁搬回到十角馆吧，躺在这里太可怜了。”爱伦·坡抬起尸体的肩膀，“埃勒里，麻烦你抬脚。”

埃勒里却置若罔闻，把手插在毛衣口袋里，一声不吭地盯着地面。

“喂，埃勒里。”

“脚印……”埃勒里终于抬起头，指着地面对爱伦·坡说。

勒鲁倒在空地的中央，距离十角馆方向的松树林大约十米远。蓝屋废墟这一带堆积着黑色的灰土，昨天晚上下过雨后，柔软潮湿的地面上留下了若干脚印。

“算了。”埃勒里弯下腰抬起尸体的脚，“走吧，有点冷。”

两人抬起勒鲁的尸体，轰鸣的潮声似乎是悼念勒鲁的哀乐。

范从地上拾起勒鲁的眼镜，举在胸前，紧随埃勒里和爱伦·坡往回走。

4

回到十角馆，他们首先把勒鲁的尸体搬到他的房间。

房门钥匙很快被发现在他的上衣口袋里。虽然勒鲁全身沾满了泥浆，但还是暂时把他安置在了床上。

范把眼镜搁在床头柜上。

埃勒里一边给尸体盖上毛毯一边对范说："你去打盆水，再拿条毛巾来，给他擦擦脸。"

范点点头，走出房间，脚步尽管仍然踉跄，但已经平静了不少。

埃勒里和爱伦·坡接下来着手整理阿加莎的遗体——把她抬到房间的床上，双手叠放在胸口，梳理好散乱的头发，整理好衣服。

"氰化钾啊。"埃勒里俯视着阿加莎沉睡般的脸庞，嘴里念念有词，"确实听说氰化钾有苦杏仁味。"

"死了三个多小时，也就是今天早上八点左右。"爱伦·坡发表自己的意见。

范走进房间，递上一个黑色化妆包。“这个化妆包掉在盥洗室门口，应该是阿加莎的吧。”

“化妆包啊。”埃勒里漫不经心地接过来，忽然，他开始翻检里面的东西。

“这个包的袋口刚才就是关着的吗？”

“不是，袋口开着，东西掉了一地。”

“是你捡起来的？好吧……”

粉底、腮红、眼影、发梳、面霜、化妆水……

“是这个东西。”埃勒里取出两支唇膏，拧开盖子比较颜色，“是这支。”

“别靠太近，危险。”爱伦·坡似乎察觉了埃勒里的意图。

“我知道。”

两支唇膏的颜色分别是红色和玫瑰色。埃勒里谨慎地闻了闻红色唇膏的气味，点点头，交到爱伦·坡手里。

“没错，埃勒里，唇膏被下毒了。”

“啊，这真是不折不扣的死人妆，身穿白色裙装，又是被毒死，简直就是童话中的公主。”

埃勒里悲恸地看了床上的阿加莎一眼，催促爱伦·坡和范走出房间，之后静静地关上房门，说了声“晚安，白雪公主”。

三人再次来到勒鲁的房间，用范准备好的水和毛巾洗净勒鲁的脸，然后把擦拭干净的眼镜放在他的胸口上。

“总编踌躇满志，想不到……”

埃勒里关上房门，预告塑料板上的红色文字“第三被害者”再次映入眼帘。

十角馆里只剩下埃勒里、爱伦·坡和范三个男生。

5

回到房间换好衣服后，埃勒里坐在床头抽了两支沙龙烟，这才走出大厅。

另外两个人已经在大厅了。

爱伦·坡一边抽烟一边紧锁双眉，看着手背上的创可贴；而范手里端着装满开水的水壶，正准备泡咖啡。

“我也要一杯，范。”

范一声不吭地摇摇头，双手捧着咖啡杯坐在离爱伦·坡稍远处的椅子上。

“真冷漠。”埃勒里耸了耸肩，走进厨房。

他一丝不苟地洗净杯子和勺子后，顺便打开碗柜的抽屉扫了一眼——杀人预告的六块塑料板仍然好端端地躺在里面。

“最后的被害者、侦探、凶手……”

埃勒里回到大厅给自己泡上一杯咖啡，嘴里念念有词。他交替审视着沉默不语的爱伦·坡和范。

“如果‘凶手’就在我们当中，大概也不会主动承认吧？”

爱伦·坡皱起眉吐了一个烟圈，范低下头喝了一口咖啡。埃勒里端着咖啡找了个远离他们的座位。

谁也没有开口，分散在十角桌周边的三个人之间，横亘着无法掩饰的强烈猜疑。

“难以置信，”不知为何，爱伦·坡似乎心不在焉，“我们之中有一个人杀了四名同伴。”

“也有可能是中村青司。”埃勒里补充道。

爱伦·坡心烦意乱地连连摇头。“不能否认这个可能性，但我还是持反对意见，首先我不认为他仍然活着，太脱离现实了。”

埃勒里哼了一声。“那么，凶手就在我们当中？”

“所以刚才我才那么说。”爱伦·坡气势汹汹地拍响了桌子。

埃勒里泰然自若，撩撩鬓角的头发说道：“我们从最开始来理一遍吧。”

他靠在椅背上仰望天窗，天空中依然阴云密布。

“这一切都是从那些塑料板开始的。有人事先准备好带上了岛，体积不算大，趁人不备带进来并不难。凶手有可能就是我们三人当中的某一个——没问题吧。

“第三天早上，凶手把预告变为了现实。‘第一被害者’是奥希兹，凶手从窗户或者房门溜进她的房间绞杀了她。爱伦·坡，你说过，作为凶器的绳子还在她的脖子上，对吧？不过，这并不能成为有价值的线索，问题在于凶手是如何进入她房间的。

“案发当时，房门和窗户都没有上锁，当然，不能完全否认奥希兹自己没有关门关窗的可能性，但是有些牵强，尤其是房门。前一天最先发现这些塑料板的是奥希兹，她想必被吓坏了。

“那么，这意味着什么呢？一是奥希兹忘记了关窗，凶手从窗口潜入；二是凶手叫醒奥希兹让她自己打开了门。”

“如果是从窗口潜入的，为什么后来要打开房门呢？”范提出了疑问。

“可以解释为凶手要走出房间去拿塑料板，或者为了把塑料板贴在房门上。但是，如果按照爱伦·坡的看法把凶手限定在内部人员，我认为应该重点考虑后者，也就是有人让奥希兹打开了门。虽说当时是清晨，奥希兹可能还在睡觉，但是从窗户爬进去势必会弄出动静，万一被发现就不得了了。与其冒这么大的风险，反正大家都是研究会的同伴，还不如找一个借口让奥希兹打开门，然后光明正大地走进去。奥希兹的性格就是这样，虽然觉得可疑，也不会断然拒绝同伴的要求。”

“可是，奥希兹当时身穿睡衣，她会让男生进去吗？”

“有可能。如果凶手借口情况紧急，她就不会拒绝，除非对方是卡尔。不过这样一来——”埃勒里斜视了爱伦·坡一眼，“可疑的人就是你，爱伦·坡。你和她从小青梅竹马，她对你的防范当然比对我和范要低得多。”

“荒唐。”爱伦·坡向前探出身子，“别太过分了。说我杀了奥希兹？开什么玩笑！”

“我不是开玩笑。在奥希兹被杀这个案件上，你是头号嫌疑犯。你当时还整理了奥希兹的遗体，凶手这样做当然不合常理，可是考虑到你的心情，也很容易理解。”

“那么她的手呢？我为什么要切断她的手又藏起来呢？”

“等一下，爱伦·坡。我知道这并不是独一无二的答案，可能性还有很多，或许是范，或许是我，但是现在你的嫌疑最大。好，接下来是手的问题。凶手也许联想到了去年的蓝屋事件，但是坦白说，我不明白凶手为什么要‘模仿’这一点。范，你怎么认为？”

“这个嘛，是为了扰乱我们的思维吗？”

“仅仅为了扰乱我们的思维就如此大费周章，应该不会的。凶手应该费了一番工夫才能在切断手腕的时候不发出声音。”

“有道理。那么，应该有什么必要性，凶手才会这么做。到底是什么必要性呢……”

埃勒里歪着头，长叹一声。

“这个暂且不谈，我们看下一个——卡尔的案子吧。这起事件难以推断出唯一的解释，不过事后我们也讨论过，至少范没有机会当场在卡尔的杯子里下毒。谁都有机会事先投毒，但是如果杯子上没有可以区分的记号，这一点就行不通。先不说那么多，现在阿加莎被杀了，如果凶手神不知鬼不觉当场投毒，那么，很遗憾，凶手应该就是我。然而——”

“也许是我事先让卡尔服下缓释毒性胶囊——”爱伦·坡说道。

埃勒里咧嘴一笑。“没错，但这不是一个聪明的办法。假如你事先让他服下缓释毒性胶囊，势必要让他在喝咖啡的时候毒性发作。否则他在什么都没吃的时候毒性发作了，第一个被怀疑的就是你这个未来医生。爱伦·坡，你不至于这么笨。”

“你太英明了。”

“可是，还有另外一种方法比较有可行性。”

“哦，什么方法？”

“你是医学院的高才生，家里又开了O市数一数二的私人医院，卡尔之前就找你咨询过健康问题也不足为奇，或者他曾经去你家的医院看过病。总之，可以假设你对卡尔的身体状况了如指掌。那天晚上，卡尔老毛病犯了，假设是癫痫病，你率先冲上去，假装照看他的病情，趁乱把砒霜或者士的宁塞进他嘴里。”

“你这么怀疑我吗？不过你的推理太不现实了，不可理喻。”

“你不用这么当真，我们现在讨论的是可能性。你认为我说的不现实，那么我希望你也能以同样的理由排除我趁人不备投毒的说法。不知道应该庆幸还是应该难过，你们对我的魔术估计过高，在拿起自己杯子的一瞬间把藏在手里的毒药扔进旁边的杯子，可不是像嘴里说说这么容易。如果我是凶手，绝对会避免使用这种危险的方法，反而是事先在杯子里做一个记号要安全可靠得多。”

“可是，那个杯子上并没有记号。”

“确实没有记号，我百思不得其解，上面真的没有记号吗？”埃勒里侧着头凝视着手里的杯子，“没有刮痕，没有缺口，没有颜色不均匀，和别的杯子一样，都是墨绿色，都是十角形……哎呀，等一下。”

“怎么了？”

“说不定我们忽略了很重要的一点。”埃勒里从椅子上站起来，“爱伦·坡，卡尔当时用的杯子保留起来了吧？”

“啊，放在厨房吧台的角落里。”

“再来检查一遍。”话音未落，埃勒里就快步往厨房走去，“你们两个也过来。”

那个杯子被一块白毛巾覆盖，搁在吧台上。埃勒里轻轻揭开毛巾，杯子里还残留着少许前天晚上的咖啡。

“果然如此。”埃勒里重重地咂舌，“我们都被骗了，真想不通当时怎么没有发现。”

“发现什么？”范莫名其妙。

爱伦·坡也一脸茫然。“我没看出来什么不同。”

“不一样。”埃勒里卖着关子，“十角形的房子，十角形的大厅，十角形的桌子，十角形的天窗，十角形的烟灰缸，十角形的杯子……所有的一切都是十角形，让我们看花了眼。”

“呃？”

“怎么回事？”

“这个杯子果然有一个很明显的记号，还没有看出来吗？”

片刻之后，爱伦·坡和范同时“啊”了一声。

“看出来了吧。”埃勒里扬扬得意地说，“整个建筑物独特的十角形设计严重误导了我们，这个杯子不是十角形，而是有十一个角。”

6

“我们又回到了原点。”再次围坐在大厅的桌边，埃勒里目不转睛地看着爱伦·坡和范，“既然找到了杯子的记号，范，爱伦·坡，还有我，就都有可能毒杀卡尔。十角形的杯子里唯独有一个是十一角形，事先在里面下毒，万一自己拿到了这个杯子，只要不喝就行了。”

“怎么会有一个这样的杯子呢？”范问道。

“我猜是中村青司的恶作剧。”埃勒里的唇边浮起微笑，“在十角形建筑里，隐藏一个十一角形，真是匠心独运啊。”

“仅此而已吗？”

“我认为是，当然，这里头可能还含有某种暗示。凶手碰巧发现了这个十一角形的杯子，就加以利用。这应该不可能是凶手自己准备的，这种东西除非特别订制，否则很难得到。大概是凶手来到角岛后偶然发现了这个杯子，而我们三个都有这个机会。”埃勒里把双手撑在桌上，十指交叉，“接下来，凶手等我们睡着以后，悄悄溜进卡尔的房间，费了一番劲儿切下尸体的左手，扔在浴缸里。和把奥希兹的左手切断一样，我不知道凶手这样做是出于什么目的。”

“阿加莎说她听到了奇怪的动静，大概就是凶手切断手腕时发出的声响吧。”

“对啊，爱伦·坡。那个时候我们都是神经过敏，凶手宁愿冒那么大的风险也要这样做，说明切断手腕这一点有重要意义——这是一个谜啊。”埃勒里眉头紧锁，“总而言之，在每一起案件上，我们三个都机会均等。好了，接着往下说。”

“接下来是阿加莎……不，是勒鲁。”范接过话题。

“不，在那之前，凶手在地下室杀害我——埃勒里未遂。前天晚上，卡尔中毒之前，我提到蓝屋有地下室的可能性。我估计凶手因此在切断卡尔的手、把塑料预告板贴在房门上以后，溜出去设置了那个陷阱。卡尔中毒的时候所有人都在现场，所以凶手还是我们当中的一个。我是被害者，可以排除我吗？”

埃勒里打探两人的反应，爱伦·坡和范对视一眼，流露出了“不同意”的神色。

“对啊，难保那不是我的诡计，况且伤得也不重——好了，接下来讨论今天早上勒鲁的遇害。”埃勒里沉思了片刻，“这件事很古怪。勒鲁被人打死在室外，之前两起案件中凶手煞费苦心地切断左手，这次却没有。我感觉这里面有名堂。”

“不错，但是尽管如此，我们三个仍然都有嫌疑。”爱伦·坡回应。

埃勒里不停抚摸瘦削的下巴。“话虽如此——我们先讨论阿加莎的案件吧，勒鲁的被杀还有很多疑点需要反复斟酌。刚才我们调查过了，阿加莎的口红里含有氰化钾或者氰化钠，问题在于毒药是什么时候被抹上去的。那支口红平时应该在她的房间——放在化妆包里。前天，奥希兹和卡尔被杀后，她整个人变得神经兮兮，无论什么时候都锁紧房门，凶手应该根本没机会溜进她的房间。阿加莎每天都用口红，她今天早上中毒身亡，说明是昨天下午到晚上的这段时间口红被人动了手脚。”

“埃勒里，听我说。”

“什么事，范？”

“我觉得阿加莎今天的口红颜色和平时不一样。”

“什么？”

“今天的颜色更鲜艳，看起来根本不像死人的嘴唇，那种感觉难以名状……”范结结巴巴地说，“昨天和前天，她用的口红颜色更浅，那个叫玫瑰色吧？”

“啊？”埃勒里用手指敲了一下桌角，“也就是说她的化妆包里有两支口红，其中一支是玫瑰色。原来如此。只有红色的那支上面事先被人下了毒。大概是第一或第二天，趁阿加莎毫无防备的时候溜进她的房间，在口红上涂了毒，而她在今天早上之前没有用过这支红色的口红。”

“好比是一枚定时炸弹。”爱伦·坡抓着胡须，“我们三个仍然机会均等。”

“最终又是这个结论。爱伦·坡，现在讨论的前提是凶手在我们三个当中，可不能一直都是‘都有可能’这个结论。”

“你想做什么？”

“我们来表决吧，少数服从多数。”埃勒里坦然地回答，“这是句玩笑话，不过还是听听各自的意见吧。范，你觉得谁最可疑？”

“爱伦·坡。”范毫不犹豫地回答。

爱伦·坡脸色陡变，他在烟灰缸里摁灭了刚点燃的香烟。

“不是我。啊……啊，我这样说你们也不会相信。”

“当然不会无条件地相信你。我和范一样，觉得你嫌疑最大。”

“为什么？为什么我的嫌疑最大？”

“动机。”

“动机？什么动机？我为什么要杀害四名同伴？埃勒里，你给我解释清楚！”

“你的母亲，现在不是在精神病医院吗？”

听到埃勒里这句轻描淡写的话，爱伦·坡当即无言以对，双手在桌子上紧握成拳，簌簌发抖。

“这是几年前的事了。你的母亲企图杀害你家医院的一名患者而被捕，当时她已经精神错乱了……”

“真的吗，埃勒里？”范目瞪口呆，“我根本不知道有这回事。”

“因为事关医院的名声，你的父亲摆平了这件事，大概支付了一大笔钱给受害者。从中斡旋的律师是我爸爸的朋友，所以我略有耳闻。身为医生的妻子，必须背负沉重的精神负担，神经不够强韧的女性可能无法胜任，比如说，唯恐心爱的丈夫被患者抢走。”

“住嘴！”爱伦·坡怒不可遏，“不要诬蔑我的母亲！”

埃勒里吹了声口哨，闭上了嘴。爱伦·坡握紧双拳低下头，忽然“扑哧”一声笑出来。

“你想说我是个精神病吗？这个想法太短路了。”爱伦·坡像变了个人似的怒目圆睁，恶狠狠地瞪着埃勒里和范，“我跟你们说，你们两个也都有动机。”

“呵呵，我洗耳恭听。”

“首先是范。你的父母和妹妹在你上中学的时候被强盗杀死了，所以在你看来，我们这些以凶杀案为乐趣的学生都很可恶，没错吧？”

听到爱伦·坡这番尖酸刻薄的话，范顿时脸色苍白。

“我如果这么仇恨你们，就不会加入大学的推理小说研究会了。”范心平气和地解释，“那是很久以前的事了，再者，我从来不认为推理小说爱好者推崇杀人，所以才和你们来到这里。”

“是这样吗？”爱伦·坡目光如炬，盯着另外一个同伴，“接下来是埃勒里。”

“我有什么动机？”

“你整天说三道四，是不是把动不动就和你针锋相对的卡尔视为眼中钉？”

“我把卡尔视作眼中钉？”埃勒里愕然地瞪大眼睛，“哈哈，你想说另外三个人的遇害只是一种掩饰？无稽之谈。很不巧，我根本没有把卡尔放在心上，我压根不在意别人怎么看我。爱伦·坡，你真的认为我恨卡尔到了非杀他不可的程度吗？”

“你这样一个人有一点动机就足够了，对你来说，杀一个人就好比杀一只苍蝇。”

“我看上去这么冷酷无情吗？”

“不是说你‘冷酷无情’，而是你在人格上有重大缺陷。我认为你是一个把杀人当作游戏的冷血动物。你同意吗，范？”

“有可能。”范面无表情地表示了同意。

埃勒里一瞬间百感交集，随即苦笑着耸了耸肩。

“哎呀呀，平时应该多注意自己的言行举止啊。”

三人再也没有开口。

阴风阵阵的大厅里人心惶惶，雪白的十面墙壁看上去更加扭曲。

这种状况要持续多久呢？

室外传来松树林里呼呼的风声，紧接着，耳边传来轻敲屋顶的微细声响。

“哦，下雨了。”埃勒里仰望着天窗上的水滴，自言自语。

雨声逐渐变大，滂沱大雨似乎要让在岛上孤立无援的他们与世隔绝……

突然之间——

埃勒里大叫一声，抬起头，站了起来。

“怎么了？”爱伦·坡警惕地问。

“哎呀，等一下。”话音未落，埃勒里回头瞅了一眼入口处，一脚踢翻椅子狂奔出去，“脚印！”

7

大雨如注，惊心动魄的波涛声席卷整个角岛，仿佛要把这个岛卷入另一个时空。

埃勒里心急火燎地在大雨里飞奔，顾不上全身被淋得像落汤鸡。他舍弃松林拱门的迂回小道，横穿过松树林直接向蓝屋废墟奔去。

中途他停下脚步回了一次头，确认爱伦·坡和范也随后追来了。

“快！脚印要被雨水冲走了！”他嘴里大叫着，脚下生风一般往前冲。

好几次在树丛中差一点被杂草绊倒，当他终于抵达蓝屋前院的时候，发现在勒鲁扑倒的周边，那些足迹还隐约可见。

爱伦·坡和范紧接着赶到了。

埃勒里大口喘气，指着脚印对两个人说：“事关我们的命运，务必要牢记脚印的位置。”

在倾盆的大雨中，他们全神贯注地把逐渐被雨水冲刷的脚印烙在脑海里。

过了一会儿，埃勒里用手理着湿漉漉的头发，调转脚跟。

“回去吧，冷死了。”

换好衣服后，三人马上又聚集在了大厅里。

“你们两个都过来，事关重大。”

埃勒里手里握着笔，打开从房间里拿来的笔记本。爱伦·坡和范踌躇片刻后，挪到埃勒里两边的椅子上。

“趁没忘记之前赶紧画下来。”埃勒里说着，用一整页纸画下了一个长方形，“这就是蓝屋的地基。”

接着他又在这个长方形内侧的上半部分画了一个小长方形。

“这是蓝屋的遗址——残垣断壁，这里是从悬崖通向岩区的石阶。”埃勒里在大长方形左边的中间部分做了一个记号，“右下方是十角馆，下面是松树林——勒鲁就倒在这里。”

埃勒里在中间靠右的地方画了一个倒在地上的人，然后轮流看着两人。“那么，脚印呢？脚印是什么样的？”

“首先，有一道脚印从蓝屋的入口——松树拱门——通向悬崖的石阶。”爱伦·坡回答，“其次，还有从同一个入口直接走向勒鲁的尸体和从尸体返回入口的各三组脚印。然后……”

“还有两组凌乱的脚印从石阶通向勒鲁的尸体。”埃勒里一边说一边在笔记本上画下相应的记号。

“对。另外还有一组脚印是从尸体直接通向石阶。”爱伦·坡点头表示同意。

“没错，差不多是这样。范，你也看看，没问题吧？”

“唔，差不多。”

“OK。画好了。”

画完所有的箭头后，埃勒里把笔记本放在三个人都能清楚看见的位置。(见图三)

“当时，我从松林拱门来到蓝屋，马上就发现了勒鲁的尸体，你们也很快赶过来跑到尸体旁边。然后，我和爱伦·坡抬起尸体，范跟在后面，沿去路返回到十角馆。那么，这三组交错的脚印就是我们三个人的，可以不用考虑在内——”埃勒里顿了一下，摸着被淋湿的头发，“你们不认为有问题吗？”

“有问题？脚印吗？”爱伦·坡皱起眉头。

“是啊。靠近凶案现场的人，是我、爱伦·坡和范，还有凶手，也包括勒鲁本人，应该有五个人的脚印在尸体附近出现。数量是对了，可是——”

“等一下，埃勒里。”爱伦·坡盯着笔记本，“排除我们三个人，剩下的是从入口通向石阶的一组脚印，从石阶通向尸体的两组脚印，从尸体返回石阶的一组脚印……”

“怎么样？有问题吧？”

“唔。”

“从入口通向石阶和从石阶来到尸体旁的应该是勒鲁自己的脚印，那么，剩下的脚印——来回于楼梯和尸体之间的当然就是凶手的脚印。由此说来，凶手是从哪里来的，又回到了哪里呢？”

“石阶……”

“对。可是，石阶下面是汪洋大海。还记得吗？石阶下面的岩区左右两边都是悬崖峭壁，从海上登陆，只能利用这个岩区的石阶或者海湾栈桥的石阶。那么，凶手是怎么来到岩区的呢？回到岩区后又去了哪里呢？如果要去海湾，只能绕过突出的断壁。水相当深，

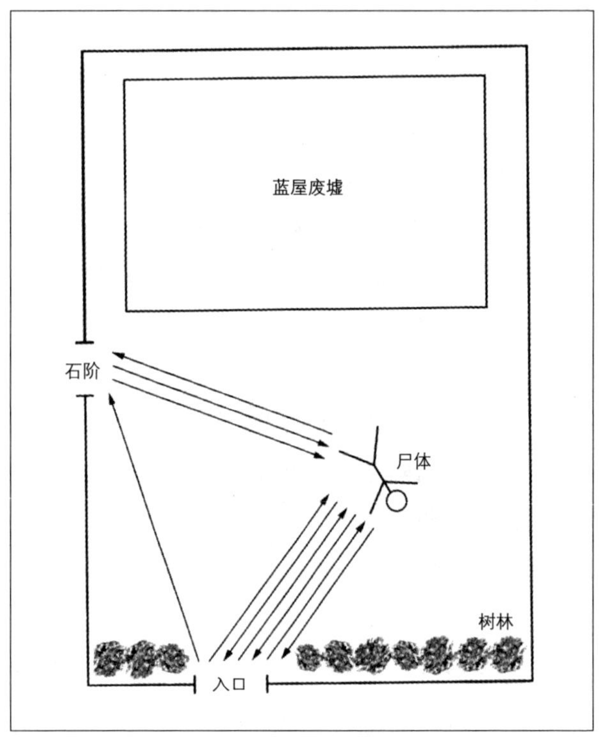

图三 现场平面图

凶手必须游过去才行，你认为现在这个季节的水温有多少度？”

爱伦·坡拿出烟盒，沉吟不语。

范注视着笔记本，催促埃勒里：“然后呢？”

“因此，问题在于凶手为什么要采取这种行动。那么——”

即使在危机时分，埃勒里仍然陶醉在破解谜题的乐趣中，范一声不吭，把手缩在羽绒背心的口袋里。

“唔。”爱伦·坡叹息一声之后开口说话了，“凶手如果是在十角馆的我们三个人之一，那么他没有必要特意走下岩区从海里游回来，从地面走回来就行了。至于脚印的大小和形状，他只要拖着脚走路就能蒙混过关，岛上并没有鉴定专家。然而凶手却没有这样做，是因为有不得已的原因，他必须回到海里才行。”

“完全正确，答案已经呼之欲出了。”埃勒里心满意足地点点头，站了起来，“我们该吃饭了吧？已经下午三点了。”

“吃饭？”范疑惑不已，“这个时候吃饭？埃勒里，凶手究竟为什么……”

“等一下再说，不用着急。我们早上起来后什么都没吃。”埃勒里说完，转身走进厨房。

8

“接下来——”埃勒里吃完速冻食品，又喝了一杯咖啡后，终于再次回到刚才的话题，“填饱了肚子，该解决刚才的问题了。怎么样？”

“当然赞成，你不要再卖关子了。”爱伦·坡立刻响应。范也点了点头。

埃勒里有关脚印的分析让两人如堕五里雾中。吃饭的时候，他们满腹疑云地偷窥埃勒里的表情，他却始终悠然自得，嘴角浮现出标致性的笑容。

“好了。”

埃勒里把餐具和咖啡杯推到一边，打开笔记本。三人按老样子围坐在桌边。

“先来回顾一遍要点吧。”埃勒里看了一眼草图，“我们刚才分析的结论是凶手的足迹只有往来于石阶和尸体之间的两组，这说明，凶手来自海边又回到了大海。基于凶手是我们当中某个人的前提，我们来追踪他的行迹。首先，他从十角馆来到海湾，从海里游到岩区，爬到蓝屋废墟，行凶杀人后原路返回。刚才爱伦·坡提到凶手有不得不回到海里的必要性，我看不是，这是无稽之谈，缺乏必然性和现实性。”

“埃勒里，这样一来，凶手就不在我们当中，而是另有其人……这个人从海里——从外面来到角岛？”

“有什么不妥吗，爱伦·坡？”埃勒里啪地合上笔记本，“根据目前的情况，认为凶手是外来者最合理。我们没有办法离开这个岛，外面的人却轻而易举就能上来，而且这个人也不需要游泳，只要乘船就行了。”

“船……”

“为什么奥希兹和勒鲁都死在早上？这是因为在半夜到凌晨这段时间上岛最不容易被我们发现——如何？”埃勒里看着两个人，从口袋里掏出烟盒，发现里面已经没有烟了，又随手扔在桌上。

“抽吗？”爱伦·坡把烟盒在桌子上滑过来。

“看来爱伦·坡同意了我的意见。”埃勒里取出一支烟点着，“范呢？”

“我认为埃勒里的推理毫无差错——爱伦·坡，我能抽一支吗？”

“请便。”

埃勒里把爱伦·坡的香烟递给范。

“埃勒里，假设你的推理是正确的，凶手为什么要准备那些塑料板呢？”爱伦·坡提出了疑问。

“除了‘被害者’，还准备了‘侦探’和‘凶手’的牌子，这才是高明之处。”埃勒里惬意地吐了个烟圈，“第一，这些塑料板让我们深信凶手在我们七个当中，因此对外部放松了警惕。”

“第二呢？”

“心理上的压力。最后剩下的几个人彼此猜疑，互相残杀——这应该是凶手最阴险之处，不需要自己动手就能杀人。总之，凶手的最终目的是要杀死我们所有人。”

“丧心病狂。”范点燃香烟小声说道。

“还有一个疑问。”爱伦·坡用拇指揉着太阳穴，“杀死勒鲁以后，凶手为什么直接回到了海边呢？”

“你是指什么？”范把烟盒还给爱伦·坡。

“凶手的目的无非是让我们以为是内部人干的，那么，他来回于蓝屋入口和石阶之间，多留下几道脚印不是更有效果吗？这点事情不过是举手之劳。”

“大概是我们没有发现他留下的脚印吧。”

“凶手就这样回到了陆地上吗？那么，他是什么时候把‘第三受害者’的塑料板贴在房门上的呢？”

“这个……”

看到范无言以对，爱伦·坡转向埃勒里。“你怎么解释，埃勒里？”

“是这么回事——”

埃勒里把香烟放在烟灰缸里，继续侃侃而谈。

“范刚才说过，我们有可能没有注意到凶手的脚印。如果不是这样，就是凶手本打算在入口和石阶之间留下几道来回的脚印，之所以没有这样做是出于不得已的原因——结合勒鲁被杀就可以解释这个问题。

“勒鲁是被打死的，而且，根据从石阶来到蓝屋的脚印相当凌乱这一点可以推测勒鲁大概追踪凶手一直到了那里。勒鲁可能在岩区看见了凶手和船——凶手正准备离开角岛。

“勒鲁察觉了事态的严重，赶紧逃离现场。凶手大惊失色，追赶勒鲁，勒鲁则高声呼救。凶手追上勒鲁打死他之后，唯恐其他人听见救命声赶过来。他可以找个地方藏身，但是船被人发现就大事不妙了。

“慌乱之中，凶手顾不上考虑脚印，马上回到岩区乘船来到海湾，窥探是否有人在寻找勒鲁。幸运的是,刚才的救命声没有惊动任何人。凶手来到十角馆，透过厨房的窗户往里张望，确定没人起来后蹑手蹑脚地走进大厅把塑料板贴在勒鲁的房门上，然后匆匆离岛。如果为了制造脚印再回到蓝屋，从时间上考虑，风险也太大了。”

“唔。凶手昨天晚上一直在岛上吗？”

“我认为他每天晚上都来，天黑以后他就在岛上监视我们的行动。”

“躲在厨房的窗外吗？”

“八九不离十。”

“船就停在海湾或者岩区吗？”

“有可能藏在某个地方。小型橡皮艇很容易藏起来，可以放在树林里，也可以绑上什么重物沉在海里。”

“橡皮艇？”爱伦·坡蹙着眉，“橡皮艇能往返于角岛和本土之间吗？”

“他没必要去本土，旁边就有一个绝佳的藏身之地。”

“猫岛？”

“没错。我认为凶手在猫岛上搭了一个帐篷。从猫岛到这里，用手划的橡皮艇就足够了。”

“原来如此，是猫岛啊。”

“我们再来整理一遍凶手的行动吧。”

埃勒里把笔记本推到一旁，把玩着不知什么时候拿出的蓝底单车扑克。

“凶手昨天晚上从猫岛来到角岛，打探我们的动静。早上他无功而返，回到岩区，恐怕当时还在下雨，所以从蓝屋入口到石阶这一段没有留下凶手的脚印。

“然后，凶手在岩区准备乘橡皮艇离开。这时雨停了，所以地面上留下了他的脚印。此刻勒鲁过来了——不知道这个家伙为什么一大早跑去了岩区。

“被勒鲁撞个正着的凶手慌忙捡起手边的石块，拼命追赶勒鲁。杀人灭口后，凶手担心勒鲁的惨叫声惊动了我们，乘船来到海湾偷窥十角馆，发现大家还在睡觉后，他潜进来把塑料板贴在门上——这就是整个案件的经过。”

爱伦·坡的拇指依然压在太阳穴上，他闷闷不乐地问：“那么，埃勒里，躲在猫岛的真凶到底是谁？”

“当然是中村青司。”埃勒里当即断言，“我从一开始就坚持这个意见，刚才怀疑爱伦·坡其实是在开玩笑。”

“我退一步，承认青司有仍然活在人世的可能性。可是，青司有什么理由要置我们于死地呢？我绞尽脑汁也毫无头绪。难道能简单地解释为他精神错乱了吗？”

“动机？有很大的一个动机。”

“什么？”

“是什么？”

爱伦·坡和范向前探出身体异口同声地问道，埃勒里灵活地把纸牌摊开在桌上，又利落地收起。

“刚才我们讨论过各自的动机，其实中村青司有一个更明确的动机。昨天晚上回到房间后，我终于恍然大悟。”

“真的吗？”

“埃勒里，是什么动机？”

“中村千织。还记得吗？”

昏暗的大厅里，一时没有人开口。

远处传来波浪声。敲打屋顶的雨声已经听不见了，暴雨似乎停了。

“中村千织？那个——”范声若蚊蝇。

“对。去年一月，由于我们的过失而猝死的学妹——中村千织。”

“中村——中村青司、中村千织……”爱伦·坡反复念叨，“可是，怎么可能？”

“就是这样，我认为这是唯一的解释，中村千织是中村青司的女儿。”

“啊！”爱伦·坡眉头紧锁，在桌子上弹了一下烟盒，从里面抽出一根云雀烟衔在嘴里。

范双手抱着后脑勺闭上了眼睛。

埃勒里把扑克牌放在盒子上，继续推理。

“半年前发生在角岛的那起事件，真凶就是中村青司。他烧死那个行踪不明的园丁或另外一个人——对方的体格、年龄和血型都和自己一样。造成自己已死的假象后，他开始向我们这些人复仇……”

突然之间——

爱伦·坡的喉咙里突然发出异样的声音。

“怎么了？”

“爱伦·坡——”

椅子吱嘎作响，爱伦·坡壮硕的身体滑倒在地板上。

“爱伦·坡！”

埃勒里和范冲上去想扶起他，而爱伦·坡的身体剧烈扭动，挣脱了他们的手，很快——

在一阵骇人的痉挛之后，爱伦·坡仰面朝天地躺在地上，一动也不动了。他就这样离开了人世。

刚抽了没几口的云雀烟掉在蓝色的瓷砖上。青烟袅袅，埃勒里和范目瞪口呆地注视着“最后的被害者”。

9

黄昏时分的天空依然乌云密布，不过看上去暂时不会再下雨了。一度肆虐的狂风已经停息，波浪听上去宛如呜咽声。

两人把爱伦 · 坡的尸体抬进了房间。

房间地板上的拼图仍然是范上次看到的模样，歪着脑袋的小狐狸一脸悲戚。

两人避开拼图，小心翼翼地把爱伦 · 坡安置在床上。范给他盖上毛毯，埃勒里合上了他的眼睛。爱伦 · 坡扭曲的嘴里隐约可闻苦杏仁味。

两人默默祷告一番后，回到大厅。

“根本就是个定时炸弹，可恶。”埃勒里咬牙切齿地踩着爱伦 · 坡抽剩下的香烟，“爱伦 · 坡的香烟盒里肯定混进了一根含有氰化钾的香烟，可能是趁他不备溜进房间用注射器在里面下了毒。”

“中村青司吗？”

“这还用说。”

“我们也岌岌可危吧。”范软绵绵地瘫在椅子上。

埃勒里走到桌边，点燃煤油灯，雪白的十角形大厅又在灯光的映射下诡异地摇晃起来。

“中村青司……”埃勒里凝神注视着火苗，低低地说道，“范，仔细考虑一下，中村青司是这个十角馆的主人，必定对角岛的地理环境和十角馆的构造了如指掌，而且十有八九有每个房间的钥匙。”

“钥匙？”

“可能是万能钥匙一类的。他放火烧毁蓝屋销声匿迹之前，随身带上钥匙，这样他就可以随意进出每一个房间。在阿加莎的口红里下毒，杀害奥希兹，都不在话下，爱伦·坡的香烟也是同一个道理。他像幽灵一样穿梭在这幢房子里。我们是闯进十角馆陷阱的一群可怜的猎物。”

“我记得在什么地方看过报道，他以前是一名建筑师。”

“好像是。这个十角馆大概就是他设计的，真真正正是他造的……不对，等一下，莫非……”

埃勒里目光炯炯地环顾大厅。

“怎么了，埃勒里？”

“我突然想到杀死卡尔的那个咖啡杯。”

“那个十一角形的咖啡杯？”

“对。那个杯子可能不仅仅是被用来做记号……你记得吗，范，你问过，怎么会有一个这样的杯子呢？”

“啊，我是这么问过。”

“当时我回答这是青司的恶作剧，可是说不定这其实也是某一种暗示。一切都是十角形的房子里唯独有一个十一角形——怎么样？

没有想到什么吗？”

“十角形里的十一角形？这是对什么的暗示……”范突然眉毛一动，“难道这里有第十一个房间？”

“没错。”埃勒里一本正经地点了点头，“我也这样认为。这个十角馆，除了中央大厅，有十个等腰梯形模样的房间，浴室、厕所和盥洗室是一个房间，加上厨房、门厅以及七间客房——我们可以假设除此之外，还有一个隐蔽的房间。”

“你认为青司不是从厨房的窗外，而是在这个隐蔽的房间随时观察我们的一举一动？”

“没错。”

“那么，这个房间在哪里呢？”

“从房屋的构造来看，只可能是地下室，而且——”埃勒里微微一笑，“那个十一角形的杯子正是开启那个房间的钥匙。”

那个房间设在厨房地板下的储藏柜里面。

储藏柜本身没有什么特别之处，地板上有一个八十厘米见方的盖板，拎着把手很容易就揭开了。

下面的深度大约是五十厘米，四面和底部都刷着白漆，里面空无一物。

“是这里，范。”埃勒里用手一指，“如果有暗室的话，应该和杯子一样，都在厨房里——果然不出所料。”

手电筒照亮了储藏柜的底部，中间有一个很容易被忽视的小洞，直径不过几厘米，外侧有一个圆形缺口。

“范，把杯子给我。”

“剩下的咖啡怎么办？”

“这种情况下只好倒掉了。”

埃勒里接过杯子，趴在地板上，右手伸进储藏柜里，把杯子嵌进地板中央的洞里。

“太好了，完全吻合。”

十一角形的锁孔和钥匙终于会合了。

“我转动一下试试。”

埃勒里用力转动，洞口果然逐渐转动起来，很快就听到咔嗒一声。

“好了，打开了。”

埃勒里拔出杯子，与此同时，白色的底板缓缓地开始向下倾斜。

“令人叹为观止啊，大概用了齿轮一类的装置，底板滑落的时候不会发出声音。”

出现在两人眼前的是通向地下室的石阶。

“进去看看吧，范。”

“还是不要了。”范打起了退堂鼓，“被他伏击就糟了。”

“没关系。天刚黑，青司还没有来，万一已经来了，我们二对一，不怕他。”

“可是……”

“害怕的话你在这里等我，我一个人进去。”

“啊，等一下，埃勒里。”

一股腐烂的气味扑鼻而来。

仰仗着埃勒里的手电筒光，两人踏入了伸手不见五指的洞穴中。

虽然年代久远，石阶却很坚固，轻轻踩下去甚至不会吱嘎作响。

为了避免重蹈昨天的覆辙，走在前头的埃勒里小心翼翼地迈着步子。

走了不到十级石阶，果不其然，两个人来到了一个宽敞的房间——他们已经从厨房的正下方延伸到中央大厅的位置。

脚下和四周是没有粉刷的水泥地板和墙壁，没有任何摆设，比埃勒里略高的天花板上有几个小孔，几缕光线从那里渗入。

“是煤油灯的光。”埃勒里对范耳语道，“这里是大厅的正下方，我们的谈话他都听得一清二楚。”

“青司就藏身在这里吗？”

“对，他肯定在这里偷听，掌握了我们所有的行动。我猜这里应该有一条小道通向外面。”

埃勒里照亮了四周的墙壁，污迹斑斑的水泥墙壁、随处可见的裂缝、修补过的痕迹……

“是那里。”埃勒里的手电筒照在一个地方，面对石阶的右侧角落里有一扇破旧的木门。

两人来到门口。

埃勒里把手伸向锈迹斑斑的门把手。

范压低声音问道：“这个门通向哪里呢？”

“拭目以待。”

埃勒里转动了门把手，木门被拉动了。埃勒里屏气凝神地拽着门把手，门打开的刹那间——

两人哼了一声，双双捂住鼻子。

“这是什么？”

“臭气熏天……”

黑暗中充斥着让人难以忍受的恶臭，奇臭无比的味道让人的五脏六腑翻江倒海。

两人立即意识到这是什么东西发出的臭气，剧烈的生理厌恶感使他们骤然间起了一身鸡皮疙瘩。

是肉体腐烂的臭气，而且……

埃勒里的手颤抖不止，他握紧手电筒照亮了黑漆漆的木门内侧。

里面一眼望不到尽头，看来果然有一条通向室外的小路。

光圈慢慢地下降，照到脚下的水泥地板时……

“哇！”

“哇！”

埃勒里和范同时发出惨叫。

这就是恶臭的来源。

地上是一堆触目惊心的肉块，白森森的骨头，乌黑而空洞的眼窝……

毋庸置疑，那是一具已经腐烂的尸体。

10

夜半时分——

十角形的大厅里看不见人影。煤油灯熄灭了，无穷无尽的黑暗笼罩了整幢房屋。

远远地传来似乎是奏响在另外一个世界的潮声，透过十角形的窗户，夜空中的点点星光依稀可见……

忽然——

房屋里响起清脆的声音。

接着又转变为某一种生物的叹息声，进而变成呻吟，然后是哀鸣，声音越来越大……

片刻之后，十角馆已是一片火海。

白色的建筑物被烈焰包围，浓烟滚滚中伴随着振聋发聩的轰响，熊熊的火焰照亮了整个天空。

这种不寻常的光，照亮了对岸的 S 区。

第十章　第六天

1

电话铃声响起。

用力睁开沉重的眼睛，一看枕边的钟——上午八点。

守须恭一慢慢挪动身体，拿起了话筒。

“我是守须。啊——什么？你说什么？再说一遍。角岛的十角馆着火了？真的？然后呢？”他一把掀开毛毯，紧握话筒连声追问。

“情况怎么样了？”守须紧绷的身子稍许松懈下来，深深点了点头，“是吗？我该怎么做……啊，知道了。我马上就去。谢谢……”

挂断电话，睡意已经完全消散。守须点着烟，用力吸上一口，让自己平静下来。

抽完第一支后，他随手又点燃了第二支，再次拿起话筒。

“江南吗？我是守须。”

“啊，怎么了？一大早打电话来。”话筒里传来江南含糊不清的声音，似乎还没睡醒。

“有一个坏消息，听说十角馆着火了。”

“什、什么？”

“所有人都死了。”

“你说什么？怎么会这样……你不是开玩笑吧？明天才是愚人节啊。”

“要是开玩笑就好了。我刚才接到了电话。”

“这……”

“我现在去S区，你也来吗？能联系上岛田先生吗？”

“好。”

“我们在S区碰头，所有的相关人员都在港口附近的渔业组合会议室集合。听明白了吗？”

“知道了，我现在就去。”

三月三十一日，星期一，上午十一点半的角岛——

人流涌动。

十角馆还在冒烟，这幢建筑物看上去就像一头巨兽的残骸。

天空中万里无云，风平浪静的海面上金光粼粼。如此明媚的风景和岛上的惨状形成强烈对比，让人唏嘘不已。

“警部，受害者家属都聚集在了S区。”一个年轻警官对着无线对讲机呼叫。

被称作警部的中年男子用手帕捂住嘴大声回答：“好，让他们来这边，到了以后马上通知我，先不要让他们上岛。”

随后，警部把视线挪回到正在检查尸体的法医身上。

“这个呢？”

空气中弥漫着恶臭和热气。

“是个男人。”法医的脸上戴着一个大口罩，“个子不高，后脑勺受到重创，应该是被钝器击打过。”

“唔。”面容憔悴的警部点点头，把视线移到别处。

“喂，你那边怎么样？”

不远处有另外一名法医在检查尸体。

“这个也是一具男尸，这里似乎是起火点。”

“噢。”

“身上泼了灯油，大概是自己往身上泼的。”

“噢。有自杀的可能性吗？”

“还要综合考虑其他状况，不过可能性很大……”

警部愁眉苦脸，快步离开了现场。一名警察追上前来问道：“把尸体搬出来吗？”

“等家属来了再说。”警部吩咐，“搬动尸体的时候一不小心，尸体和随身物品分开就麻烦了，到时候会辨认不清身份。”

他一口气跑到风口。

“唉，吃不下午饭了。”

他拿开手帕，用力吸了一口海风。

透过冷色调的百叶窗，可以看见室外明亮耀眼的大海。这是一个没有任何装饰、大煞风景的房间。

S区的渔业组合会议室——

室内乱七八糟地摆放着几把折叠桌椅，几个稀疏的人影窃窃私语……

守须独自坐在窗边，面前的劣质烟灰缸里堆满了烟头。

(角岛，十角馆失火。)

他的内心动荡不安。

（所有人葬身火海……）

临近下午一点，江南和岛田终于现身了。一眼看见守须，他们径直跑了过来。

“岛上的情况怎么样？”江南劈头就问。

“具体情况还不清楚，刚才死者家属坐船去了岛上辨认尸体。”

“真的所有人都死了吗？”

“唔，十角馆被烧毁了，从废墟里找到了所有人的尸体。”

江南无力地垂下肩膀，愣愣地站在原地。

“是有人纵火吗？还是一场意外？”

“还不清楚。”

岛田洁走近窗口，透过百叶窗的缝隙向外张望。

江南拖过一把椅子坐在守须身边。“你说了那封信的事吗？”

“还没有，不过打算汇报给警察，所以把信带来了。”

“是吗？”

两人对视了一眼，难掩悲痛之情。

“被凶手得手了。”岛田望着窗外自言自语。

“呃？”守须和江南同时回过头。

岛田的语气不容置疑。“这当然不是事故，是杀人案，是复仇。”

会议室里所有人的目光集中在他们三个身上，岛田慌忙压低声音。

“在这里不方便说话，我们出去吧。”

守须和江南默默地点头，轻手轻脚地站起来。

推开沉重的铁门，刚准备去走廊的时候，身后传来几个男人的议论声。

“……有几具尸体是他杀。”

2

三人来到海岸。

走下堤岸，三人并肩坐在海边。

和他们沉重的心情截然相反，眼前的海面沐浴着艳阳，风平浪静。角岛被J岬角遮住，看不见影踪。

“他们都死了吗？”江南抱膝的双手抖动得厉害，“我是个大傻瓜。”

“江南——”岛田转过脸来。

江南把头摇得像拨浪鼓。“我们到处打探消息，最终是白忙一场，三天前还来过这个港口……当时至少应该提醒他们一句。”

“没办法。”岛田摩擦着消瘦的脸颊自言自语，“很少有人在收到那种信后像我们这样四处奔走，就算报警，警察也会认为这是个恶作剧而置之不理。”

“话虽如此——”

“我一本正经地跟你们说青司还活着，岛上的那些学生有危险，但是我也不过是嘴里说说而已。假如找到了确凿证据表明他们有危险，那还另当别论，光凭猜测不可能特意渡海去岛上。”

“岛田先生，”守须插了一句，“假如他们全都是被杀的——那说明中村青司果然还活着吗？”

“这个很难说。”

“那么，谁是凶手呢？”

“这个嘛——”

“岛田先生，您怎么解释以青司的名义寄来的信？那封信和岛上的这起事件有关吗？”江南问道。

岛田愁眉不展。“事到如今，只能认为有关系。”

“是同一个人干的？”

“应该是。”

“那封信是杀人预告吗？”

“我认为不是预告，否则信不会在学生们去角岛之后才寄到，这封信另有目的。”

“怎么说？”

“江南，我们第一天见面的时候，你曾经分析这封信有三重含义。还记得吗？”

“嗯。告发、胁迫、暗示我们再次审视去年的角岛事件。”

“对。”岛田无精打采地眺望大海，“我们按照这个提示开始再次探究去年的事件，并且得到了真相。我们的行动出乎凶手的预料，他肯定没有预料到我们会这样追根究底。我现在认为，凶手的真实意图一是告发你们的罪行，而第二个意图是不是让我们感觉到中村青司的存在呢？”

“中村青司的存在？”

“也就是说，凶手以中村青司的名义寄信，让我们先入为主误以为中村青司仍然活着，从而达到让中村青司成为替罪羊的目的。”

“这样的话，莫非岛田先生怀疑的是……”

“中村红次郎先生吗？”守须在一旁小心翼翼地询问，“我们已经知道中村千织是中村红次郎的女儿，由此一来，有动机杀害那些人的不是中村青司，而是红次郎先生。您是这样认为的吗？”

“在动机上最可疑的确实是红次郎先生，但是——”江南试探地看了一眼岛田，“但是，他一直在别府……”

“江南，你记得那个年轻人说过的话吗？”

“呃？”

“就是送研究会那些学生去角岛的年轻人。”

“啊，我记得。”

“他这样说过，如果船上有引擎装置，往返于角岛和本土之间并不困难。你能断定阿红没有这样做吗？”

“啊……”

“阿红说他这几天为了写论文闭门谢客，电话也不接，在家里埋头苦干。可是，事实真是这样吗？”岛田凝望大海，频频点头，“没错，身为他的朋友，我很遗憾，但是我不得不怀疑他。他失去了女儿，和恋人之间唯一的桥梁被残酷地夺去了；最后亲哥哥杀害了自己的恋人。他的杀人动机还不充分吗？阿红是十角馆的前任主人，在某个机会得知杀害了女儿的那些人计划上岛也不足为奇。他给你们写了那封信，目的是让你们以为青司仍然活着，从而怀疑青司，同时借以排遣心中无处发泄的愤怒。他给自己也写了一封信，把自己扮成受害者之一。”

三人低下头俯瞰大海。

“没错。”守须打破了沉默，“除此以外，想不出还有什么动机非得在那个岛上杀死这些人不可，最可疑的是红次郎先生。不过，岛田先生，说到底这始终是推测而已。”

“对，守须。”岛田自嘲地撇了撇嘴，“是我的推测而已，我没有任何证据，也不打算搜查证据，当然也不会主动告诉警方。”

J岬角的背面驶过来两艘船。

“哦？”岛田站起身，“那不是警察的船吗？回来了啊。我们走吧。”

3

“那三个是什么人？”

从现场回来的警部问身边的警官。

从目前管理角岛的开发商巽昌章那里得知，在十角馆逗留的是K＊＊大学的学生，因为这些人是他侄子的朋友，所以准许他们从上个星期三开始在岛上住一个星期。

巽知道这些学生的名字，根据这份名单，警方通过学校和家人取得了联系——其中有几个人家在外地，自己在本市借宿，所以没能聚齐所有的家人。不过根据刚才在岛上的鉴定，已经基本辨认清楚了尸体。警方向亲属们讯问了情况，但是得到的信息都大同小异……

“啊？哪三个人？”

“在那边的三个人。”

“啊，他们是死者大学社团的朋友，中午就来打听事情经过了。”

“哼。”警部歪着粗壮的脖子，似乎心存不满。

两人年轻人靠在窗口说话，旁边有一个三十几岁的高个男人，背对这边向外张望。

在现场走了一圈，警部的大衣上污迹斑斑。他从大衣口袋里抽出双手，向那三个人走过去。

“打扰一下，你们和遇难的学生是在同一个社团吗？”

听到有人和自己搭话，两位学生慌忙抬起眼睛。

“我是警察……”

“啊，辛苦了。”一直眺望窗外的瘦高个男子回过头来。

警部一咂舌。“果然是你，我就觉得你的背影很眼熟。”

“岛田先生，你们认识吗？”年轻人当中的一个诧异地问。

“我曾经说过在警界有熟人，记得吗，江南？介绍一下，这位是县警局搜查一课的岛田警部。”

“岛田？莫非你们……”

“被你猜到了，他是我家的老二。”

“咳咳……”岛田警部清了清嗓子，瞪着和自己体形完全相反的弟弟，“你怎么在这里？”

“当然是有原因了，我从上个星期开始就和这两个学生在一起，说来话长，还是不说了。”岛田洁看着两个年轻人，“这位是K＊＊大学推理研究会的守须，这位是已经退出研究会的江南。”

“唔。”岛田警部的表情难以名状，“我是岛田。唉呀呀，这次发生的事情真是太惨了。”他煞有介事地说着，一屁股坐在手边的椅子上，“推理小说研究会啊？我年轻时候也看了很多推理小说。研究会平时的活动主要有什么？”

“在一起研读推理小说，自己也尝试动笔写作……”

这时，走过来一名便衣警察，把几张报告交到警部手里。警部浏览了一遍，点点头。

“是尸检报告。”警部对守须和江南解释，“这是初步信息，稍后才能得出详细报告。”

“请问，能向我们透露一二吗？”江南请求警部，“我想知道到底发生什么了，为什么大家都死了。”

警部瞥了一眼自己的弟弟，抿了抿嘴。

“反正这个家伙也会刨根问底，告诉你们一点也无妨。”

“拜托了。”

“每具尸体都惨不忍睹，除了一具，其余的在火灾发生之前就已经死了。他杀的可能性很大，剩下的那个人是被烧死的，他可能是在自己身上浇了灯油，引火自焚，他的房间就是起火点。现在下结论还为时尚早，不过这个人可能是杀死另外几个人后自杀的——那个人叫什么名字来着？”警部扫了一眼手里的报告，“啊，松浦——松浦纯也，你们肯定认识他吧？”

守须和江南倒吸了一口冷气。

“真的是自杀吗？”岛田大惊失色。

警部皱起眉，对弟弟怒目而视。

“我不是说了还不能断定吗？其他人是怎么死的也还在等详细的验尸报告。对了，”他重新面对两个年轻人，“能告诉我松浦纯也是个什么样的人吗？”

“今年四月升入法学系的四年级生，成绩优秀，头脑聪明，能言善辩，多少有一些特立独行。”守须回答了警部的问题。

“是这样啊。还有，守须——”

“什么？”

“他们是去角岛集训吗？”

“也可以说是集训，不过并不是研究会的正式活动。”

“这样说来，他们在研究会的关系特别要好吗？”

“嗯，怎么说呢，不仅仅是关系要好。”

刚才的警察又走过来对警部耳语了几句。

“——好，我知道了。”警部双手插在大衣口袋里，慢吞吞地站起身，“我有事先走了，过不了多久会召集研究会的所有成员听取详细情况，到时候，你——江南吧，毕竟以前也是研究会的，如果有时间也请参加。”

“知道了。”江南郑重其事地点了点头。

“好了，再见。”警部看了弟弟一眼，正准备走开，忽然又停下脚步，转身看着守须和江南，“刚才提到的松浦纯也，假设这次的事件是他一手策划的，你们知道是出于什么动机吗？”

“这个嘛——”守须困惑不已，“我不敢相信为什么偏偏是埃勒里……”

“你说谁？”

“啊……就是松浦，埃勒里是他的别名。”

“埃勒里——和那个作家埃勒里·奎因有关？”

“对。这是我们研究会的习惯，成员相互之间用国外知名作家的名字称呼。”

“噢。所有的成员吗？”

“不是，是其中一部分人。”

“这次去了角岛的人都有这样的别名。”江南补充了一句。

“江南，你在研究会的时候也有这样的外国名字吗？”

“嗯，有啊。”

“叫什么？”

“很惭愧，我叫道尔，柯南·道尔。”

“嗬，大师啊。守须是莫里斯·勒布朗[①]吗？”警部兴致盎然地问。

“不是。”守须的眉毛动了一下，嘴角浮现出一丝落寞的微笑。他垂着眼帘低声回答：“我叫范·达因。”

①法国著名推理作家，塑造了侠盗亚森·罗宾。守须与莫里斯的日语发音相近。

第十一章　第七天

一九八六年四月一日星期二，A＊＊新闻晨报的社会版刊登了这样一则报道。

角岛十角馆二度发生连环命案

三月三十一日凌晨时分，位于大分县S区角岛的十角馆发生火灾，现场发现在馆内留宿的六名学生遗体，身份已经得到确认。

在火海中丧生的是K＊＊大学医学系四年级学生山崎喜史（二十二岁）、法学系三年级学生铃木哲郎（二十二岁）、法学系三年级学生松浦纯也（二十一岁）、药学系三年级学生岩崎杏子（二十一岁）、文学系二年级学生大野由美（二十岁）以及同系二年级学生东一（二十岁）（学级截止于三月）。他们原定从三月二十六日星期三起，在十角馆留宿一周进行集训。

据调查，六名学生当中有五名在火灾之前已经被杀害，这起连环命案（暨纵火事件）的惨烈程度超过去年发生在角岛蓝屋的四重杀人案，警方正在全力侦查……

同一天的新闻晚报上有以下一则报道。

十角馆地下室发现一具尸骸

……根据随后的调查，在被烧毁的十角馆地下室内再次发现一具男性尸体。尸体高度腐烂，死亡时间估计为四个月至半年前，年龄约为四十余岁，头部有被钝器击打的痕迹。

此次火灾发生后才得知地下室的存在，警方怀疑这具尸体是去年九月角岛发生命案后行踪不明的园艺工人吉川诚一，目前正在加紧调查……

第十二章　第八天

1

K＊＊大学位于山坡上，拥有形状独特的大面积校园。在校园的一角，有一栋被称为社团之家的三层的钢筋混凝土校舍，供学校承认的社团在此进行各项活动。角岛十角馆发现六具尸体后的第三天——四月二日星期三的午后时分，校舍二楼的推理小说研究会的活动室里，聚集了十来名会员。

在杂乱无章的狭小教室里有两张长会议桌，学生们并肩坐在一起，前会员江南孝明也在其中，而召开这次会议的岛田警部的弟弟岛田洁却没有露面。

（他是不想来呢，还是有其他要事在身？）

守须恭一不免忐忑，但又立刻打消了这个顾虑。

（别多想了，他什么也不知道，什么也没发觉，不可能有所发觉。）

岛田警部带领两名部下比预定时间稍晚了几分钟才到。

他望着室内弥漫的烟雾，皱起眉头，当看到江南和守须后，亲昵地打了个招呼，随后对所有人谦恭地作了自我介绍。

“谢谢大家今天特意前来，我叫岛田。”说完，他重重地在事先备好的椅子上落座。

会员们自我介绍后，警方大致说明了事件的概要。接下来，警部打开手边的笔记本，逐一对照上面的名字和学生的脸，不紧不慢地进入了正题。

“我再念一遍在角岛遇难的学生名字。山崎喜史、铃木哲郎、松浦纯也、岩崎杏子、大野由美以及东一，各位对他们应该都很熟悉。”

听着警部嘴里念出的这六个名字，守须的眼前逐一浮现出他们的面容。

（爱伦·坡、卡尔、埃勒里、阿加莎、奥希兹以及勒鲁。）

“六人当中的五人在火灾发生时已经死亡。大野被勒住脖子窒息身亡，东一的头部遭到了致命一击，山崎、铃木、岩崎三人死于中毒，剩下的松浦在火灾发生时没有死，初步判断是在房间里和自己身上浇满灯油后引火自焚。”

“那么，是松浦学长杀害另外五个人后自杀了吗？”有一个会员提了这个问题。

“正是。我们调查到松浦有一个亲戚在O市开药店，他经常在那里出入，由此可以解释松浦用来毒杀三个人的毒药来源，这是警方的推论。但是，目前动机还不清楚，所以今天召集大家了解具体情况，请各位务必协助。”

“凶手不可能另有其人吗？”

“基本上不可能。”

听到警部毫不犹豫地否定，守须如释重负。

“首先，无论如何，松浦都是死于自杀；再者，杀害另外五个人的手法和各自的死亡时间都大相径庭，甚至有人死了三天以上……渔船很少经过那一带，从常理上来说，难以认为有人乘船上岛潜伏下来，在几天内连杀数人。”

“警部，”江南提出了自己的疑问，“针对去年蓝屋事件中在类似状况下被烧死的中村青司，警方不是判定为他杀吗？”

“基于各种因素才得出了这个结论。”警部用力睁大一双小眼睛，“判断中村青司死于他杀的最大原因是，有一个园丁从此下落不明。原本在岛上的人突然人间蒸发，疑点自然集中在他身上，所以认为园丁就是凶手。可是，这次在被烧毁的十角馆里发现了地下室，在里面找到了一具男尸。昨天的报纸上也有相关报道，从死亡时间、年龄、体形推测，十有八九是那个园丁。”

“啊，原来如此。”

“由此一来，就必须重新解读去年的角岛事件，也就是说，中村青司其实是纵火自焚，整个事件是他一手谋划。他杀死妻子后再自杀，而且——”警部意味深长地看了江南和守须一眼，“我从某一个渠道得到了证实这一点的最新消息。”

是岛田洁透露的吗？守须暗自揣测。

不，他曾经明确表示不打算把自己掌握的事实和想法透露给警察，守须隐约认为他的话值得信任，即使警部是他的亲兄弟。那么——

（难道是中村红次郎亲口交代的？）

“先不谈这个。”岛田警部环视着众人，“有多少人知道他们六个去了角岛？”

守须和江南举起了手。

“只有两个人啊？你们知道这次是谁提议去角岛的吗？”

“他们很早就开始商量这件事了。”守须回答，“这次正好找到了关系，可以在十角馆住下。”

“关系？什么关系？”

“我伯父——他姓巽——经营房地产，从原来的地主手里收购了这栋房子，我就跟他们说可以和我伯父商量一下。”

“哦。你说的是巽昌章吧？他的侄子就是你啊？你为什么没有一起去呢？”

“嗯，我实在提不起兴趣去那个一年前发生过惨剧的小岛，我讨厌这种地方，而且房间也不够。”

“房间不够？我听说里面有七间客房。”

“其实只有六间。你们问一下我伯父就知道，有一间根本没办法住人，漏雨漏得厉害。那个房间里只有一些空架子，本来打算重新装修，家具全部搬出来了。长期漏雨使天花板都要掉下来了，地板也差不多要被踩塌了。”

“原来如此。那么这六个人当中谁是干事？”

“我对勒鲁——不好意思，对东一提起了这件事。东一是下一任总编，也是研究会的负责人，他又去和松浦纯也商量了。”

“东一和松浦这两个人啊。”

“对，就是这样。”

“他们带了很多行李，还有食材、毛毯什么的上岛，这是怎么运上去的？”

“是我伯父安排的，我搭了把手，在他们上岛的前一天雇了一艘渔船运上去的。”

“唔，警方会确认这一点的。”

警部摸着圆滚滚的下巴，再次环视众人。

“请问各位，有谁对松浦纯也这次的杀人动机有所了解？”

室内响起窃窃私语声，守须也加入了讨论，心中却另有所思。

——白净的脸庞。

——娇小玲珑的纤弱身躯。

——披肩的乌黑秀发。

——楚楚可怜的眉眼。

——笑意盈盈的丹唇，绵言细语的声音……

(……千织。)

情投意合的千织和守须默默相爱，如胶似漆。

(啊，千织、千织、千织……)

自己没有告诉任何人（千织应该也不知道），并不是刻意隐瞒，也不是羞于启齿，而是两人都生性怯懦，唯恐公开恋情后自己的小世界遭到破坏。然而——

一切都在那一天毁于一旦。去年一月的那个夜晚，夺去千织性命的正是那六个人——没错。

(如果当时自己守护在千织身边……)

他懊悔不已，更对那六个人恨之入骨。

父母和妹妹当年也是这样突然被夺去了性命。素未谋面的陌生人以令人发指的残忍手段，不由分说地让自己再也无法感受到家庭的温暖；而对自己弥足珍贵的千织，又在那个夜晚……

(那绝对不是一起事故。)

她根本不是喜欢饮酒的女孩，也知道自己的心脏不好，肯定是那些喝醉酒失去理智的家伙强逼她喝酒。她拒绝不了，最后导致……

千织是被这帮家伙杀害的。

(是被杀害的。)

“守须——”邻座的江南唤了一声。

“啊，什么事？”

“喏，就是那封信。”

“呃？你们在说什么？”听到两人的对话，岛田警部连忙问。

“其实，上次忘了跟您说。”江南从口袋里掏出那个信封，“他们出发去岛上的那天收到了这样一封信，我和守须也收到了。”

“中村青司寄来的信吗？”

“对。”

“你们也收到了？”警部打开江南递过来的信封，检查里面的内容。

“被害者家里——包括松浦家里——收到了一模一样的信。”

“这封信和这次的案件没有关系吗？”

“很难判断，不过基本上可以认为这是一起恶作剧，寄信人怎么可能是个死人呢？”岛田警部一笑，露出一口黄牙。

守须也微微一笑，却沉浸在回忆中无法自拔。

2

守须很早就听千织说过，她的父亲是中村青司。青司在S区角岛过着异于常人的生活。千织去世后，守须悲恸欲绝，半年以来恍若行尸走肉。屋漏偏逢连夜雨，去年秋天得知千织的双亲惨死在角岛后，守须越发难以平静。不过，他当时没有预料到这起事件会以此种形态帮助他解决心中的激愤。

他时常寻思如何才能让那六个男女认识到自己的罪恶，但是他的痛苦并非大声斥责“是你们杀死了千织”就可以了事。对自己而言，不可或缺的东西被人夺去了，是被他们夺去的。他一心想要复仇，在得知伯父巽昌章买下十角馆后，他的想法逐渐成形，决定杀死他们。

千织出生在角岛的蓝屋，她的父母正是在那里遭遇了惨剧，这六个罪人为了满足自己的好奇心而踏上角岛——这幅图画激发了他的冲动，他要用亮丽的颜色抹掉这些人的一切。

最初他计划在角岛杀死这六个人后自杀，但是这样自己就会被埋没在这六个罪人当中。

自己该做的是审判，复仇名义下的审判。

苦思冥想之后，计划终于出炉了。

不仅要岛上杀死这六个人，自己还要安全地活下来。

今年三月初，充分考虑到猎物们自投罗网的可能性后，他开始了第一个行动。

“我伯父买下了十角馆，你们如果想去，我可以拜托我伯父。怎么样？”

果不其然，他们很快就中计了。

决定去角岛后，他主动承担了准备工作。他综合六个人的时间安排和天气预报来选择日期。

为了实行计划，必须是风平浪静的晴好天气，幸运的是，没有听到三月下旬有恶劣天气的预报。当然，把赌注押在天气预报上风险很大，万一到时候条件不成熟，只好临时中止。

最终，日程定在三月二十六日开始的这一周。

守须提前准备好了寝具和食品等生活必备品。他只租了六套寝具，目的是为了让这六个人以为自己也一同前行，却让外人相信自己并没有去，上了角岛的只有六个人。

借用中村青司的名字写了九封信，有两个目的。

目的之一当然是告发，他无论如何要控诉千织是被他们杀死的；另外一个目的是向江南孝明抛出“死者来信”这个诱饵，让他行动起来。

他也给中村红次郎寄了一封信，这是估计到江南会调查红次郎而布下的一个局。守须对江南的性格了如指掌，假如收到这样一封信，他到处调查一圈后，肯定会来和自己商量。就算到时候自己不得不主动和他联系，到处传播的怪信也正好是一个借口。

大学的研究室里有文字处理机供学生使用。他在超市买齐材料后，制作了两套预告板。

三月二十五日，星期二——出发的前一天，他在O市寄出这九封信后，前往S区把行李搬上渔船运往角岛。随后，他回到S区，谎称去国东借来了伯父的汽车，车的后备厢里准备好了橡皮艇、压缩空气筒、用做燃料的汽油罐等等。

橡皮艇是伯父用来钓鱼的，平时放在车库里，守须偷拿了出来——伯父在夏秋季节才会用到，所以不用担心被发现。

J岬角的背面一带，即使在白天也少有人经过。守须把橡皮艇和空气筒藏在附近的树林里，打发一段时间后把车开回去还给了伯父，告诉伯父自己今天晚上回O市，明天再去国东。而实际上，他确实回了一次O市，不过半夜里又骑摩托车再次前往了J岬角。

从O市到J岬角，白天开车需要一个半小时左右，晚上把250CC的摩托车开得飞快，有一个小时就足够了。越野摩托车能开进路边的荒地或草丛里，把车放倒在海岸边的杂树林里，上面用褐色罩布盖住，根本没有人会发现。

他组装好事先藏在这里的橡皮艇，换上潜水衣，借着月光和无人灯塔的灯光，深夜渡海前往角岛。

风并不大，却冰冷刺骨，夜晚的能见度也不高。以前向伯父借过几次橡皮艇，操作起来得心应手，但是因为身体不适，这一路的行程困难重重。

身体不适是因为从头一天开始就滴水未进，为了之后的计划，有必要让自己脱水。

从 J 岬角到角岛耗时三十分钟。

橡皮艇抵达了那个岩区，船必须藏匿于此。

首先收起橡皮艇，和空气筒一起用防水布包妥，再密封在塑胶袋里。然后把钢瓶和已经密封好的引擎也包好,用一根绳子绑在一起，把它们沉入大块岩石的缝隙间，避免被海水冲走。此外，还要把绳子的一端系在岩角上。补给燃料用的罐装汽油则分别藏在这边的岩石后面和 J 岬角的草丛里。

在月光下，他肩扛大型手电筒前往十角馆，住进了漏雨的那个房间，就睡在白天带来的睡袋里。

就这样，准备好了捕捉罪人的陷阱。

3

第二天，三月二十六日，六个人上岛了。

他们对一切都浑然不觉，也没有事先准备和本土取得联系的方式。他们压根没有察觉出危险，陶醉在自以为是的冒险氛围中。

这天晚上，守须借口身体不适，早一步回到房间——事先的脱水正是为此而做的准备。

他知道轻微的脱水症状类似感冒。在这种情况下不能假装生病，因为要提防医学系的爱伦·坡；反过来说，如果他证明自己的确生病了，就再也没有人会对此起疑心了。

当六个人在大厅里畅谈之际，他换上潜水服，提着装了必备品的简便背包溜出来。他来到岩区，组装好橡皮艇，趁着夜色前往J岬角，然后骑摩托车赶回O市。

回到房间是十一点左右，身体虽然极度疲惫，但重要的事情还在后头。

他马上打电话给江南，利用他证明自己确实在O市。

这通电话没有人接，不过假如江南不出所料地正在到处调查的话，应该很快会给自己打来电话。说不定他已经打来过好几次了，这样的话他肯定会问自己去了哪里。这个回答守须已经准备好了，就是那幅画。

守须事先做好了准备用以证明自己在那六个人去角岛期间行踪的东西——那就是摩崖佛像的画。不，准确来说，是那些画，一共有三幅。

第一幅只是在素描底稿上抹了一层颜色，第二幅是用画刀在画布上着重上色，第三幅是成品画。毋庸置疑，这三张画的构图如出一辙。

去年秋天万念俱灰之际，守须漫无目的地来到了国东半岛的山中。凭借当时的记忆，把季节改换成春天，他得以事先准备了三幅不同阶段的画。

守须把第一幅画挂在画架上，一边看寄给自己的信，一边等待江南的联络。万一和江南无法取得联系，就必须连夜和另外一个“证人”见面。他发热的头脑中焦虑万分，好不容易才克制住自己的情绪。

将近十二点，电话终于响起了。

果然，江南中了圈套，当天就去了中村红次郎位于铁轮的家。然而，见到江南刚认识的岛田后，守须感到有些棘手。

“证人”当然越多越好，但是过度介入其中反而会给自己添乱——适当地邀请自己参加侦探游戏就足够了。

所幸两人着眼的不是现在而是过去，知道不用担心他们会追随那六个人渡海上岛后，守须提到安乐椅神探，借此强调自己的存在，告知对方自己每天去国东写生，并且约定好第二天也让江南打电话来。当时提议他们去安心院拜访吉川政子，是为了让他们的注意力尽量从现在的角岛移开。

两人回去后，守须稍事休息后就在天亮之前再次骑摩托车来到J岬角，乘坐系在岸边的摩托艇赶回角岛。

（那些塑料板到底有何用意？）

是为了让这六个人知道自己即将成为“被害者”吗？或是出于一种奇妙的义务感，认为不事先宣布“刑罚”就有失公允吗？还是对他们最强烈的嘲讽？

在他纠结的内心，大概将这三种感情都包含进去了。

第二天晚上，守须成功地比第一天更早地回到了房间。离开大厅之前和卡尔发生了纠纷，还好很快就脱身了。

因为脱水，脚步踉踉跄跄。换潜水服之前，他把阿加莎给自己吃药用的水喝了个精光。第三天以后就不用再回本土了，所以必须尽快补充水分恢复健康。

从角岛返回O市的过程比头天晚上更辛苦，途中有几次几乎要放弃了。现在想来，守须对自己瘦小的身体里到底储存着多少能量感到不可思议。

好不容易回到房间后，马上大量补充水分。江南和岛田过来讨论角岛事件的时候，自己也连续喝了好几杯红茶。

因为打算从第二天开始就不再回到O市，在演完自己的戏份后，必须对两人的意见表示反对，并宣布自己不再参与其中，让他们以后不要再和自己联系。

说到底，当时义正词严地对岛田说的那一番话是发自内心的，尤其得知他打算调查千织的身世后，守须更是怒不可遏。

和头天一样，守须在天亮之前回到了角岛。在十角馆的房间里，他费了好大劲才平息了内心的愤慨。

4

把奥希兹选定为“第一被害者”出于以下几个理由。

首先对她抱有一种怜悯，最早离世就可以不用体验以后的混乱和恐惧了。

奥希兹和千织是好朋友，怯生生的她和千织有几分相似。她应该不是造成千织死亡的帮凶，只是个旁观者而已，然而却不能因此把她排除在复仇对象之外。

还有一个理由，那就是奥希兹的戒指。在那之前，从来没有看见奥希兹戴过戒指，因此才特别引人注目，那大概就是自己送给千织的生日礼物。

奥希兹和千织很要好，守须回忆起在千织的葬礼上奥希兹哭红双眼的模样，大概是千织家人把那枚戒指当作千织的遗物赠予了她。

她和千织如此亲密，说不定知道角岛就是千织的家乡，甚至可能已经察觉了自己和千织的关系。

那枚戒指的背面刻有自己和千织名字的英文缩写——“KM & CN”。即使千织生前没有亲口告诉她，奥希兹也可能在千织死后发现戒指上的字母。如果在岛上发生杀人案，奥希兹推断出杀人动机和真凶的概率不容小觑。

出于以上原因，守须不得不首先杀死奥希兹。

他蹑手蹑脚地走出大厅，直接来到奥希兹的房间——他当然没有告诉另外六个人，自己从伯父那里借来了万能钥匙。打开门后，趁她熟睡时，使出浑身力气把绳子套在她的脖子上。

奥希兹的眼珠似乎要从眼眶里迸裂出来，嘴角扭曲，脸色变得肿胀发紫，逐渐失去反抗的力量……就这样断气了，守须整理好她的尸体，实在是出于对她的同情。

原本打算从她的手指上摘下戒指，一是希望自己拥有千织的遗物，此外也担心被人发现戒指上的英文字母。无奈奥希兹的手指肿胀得无法取下戒指。

既然取不下戒指，就不用担心被人发现上面的英文字母，但是守须无法丢弃千织和自己之间如此珍贵的回忆。

他决定采取强硬措施，切断手腕。

只切断中指反而让人注意到曾经戴在上面的戒指，并且，“切断左手”这种行为恰好是对去年蓝屋事件的“模仿”；而这个巧合还可以带来另外一个效果，就是岛田洁日后提到的，暗示这些人“青司的存在”。

他用事先准备作为凶器之一的匕首切断了尸体的手腕，随后埋在屋后的土里，打算事成后再挖出来摘下戒指。

为了造成有人从外面闯入的假象，他拉开窗户的挂钩，又打开了门锁。最后一步是从厨房抽屉里拿出“第一被害者”的预告板，用胶水贴在门上。

把氰化钾涂抹在阿加莎的口红上是在之前——第二天，二十七日的下午。发现塑料板后，这些人并没有提高警惕，因此守须有机会溜进阿加莎的房间。

他预测，顺利的话，在发现奥希兹尸体的同时，毒口红也会发挥功效。然而匆忙中他只在一支口红上下了毒,因此这个“定时炸弹”在很久之后才得以发挥功效。

接下来用到的就是那个十一角形咖啡杯。

在六个人来到角岛的那天晚上,守须发现了这个奇怪的杯子——碰巧自己拿到了这个杯子喝咖啡，当时就决定加以利用。

第二天早晨，把塑料板放在十角桌上后，他顺便把咖啡杯拿回自己的房间，碗柜里还有好几个多余的杯子，守须从中拿了一个作为替代。

他事先从理科系的实验室里偷取了氰化钾和亚砷酸，涂在杯子上的是无色无味的亚砷酸。然后，在第三天晚饭前，趁众人心神不宁之际，他把这个毒杯子和厨房吧台上的杯子放在了一起。

这个杯子有六分之一的机会转到自己手里，到时候不喝里面的咖啡就行了，但其实没那个必要，卡尔成了“第二被害者”。

卡尔倒毙在自己眼前，比奥希兹的死更触目惊心。自己犯了不可饶恕的杀人罪——这种认识让守须万箭穿心。可是，自己已经无法停手了，必须耗尽所有的体力与精力，大胆冷静地完成复仇大计。

天亮之前，大家终于各自回到房间，等他们睡下之后，守须来到卡尔的房间，切下他的左手，并扔进了浴缸，以此保持“模仿”的一贯性，掩饰切断奥希兹手腕的真正目的。接着，他从事先准备的另外一套塑料板里拿出“第二被害者”贴在房门上。

随后，他转身向蓝屋废墟走去。

卡尔中毒倒地之前，守须留意到埃勒里提到了蓝屋有地下室。

曾经听伯父说过那里有地下室，守须把事先用渔船运来的灯油罐藏在了那里。

埃勒里意识到了有人藏身于地下室的可能性，叫嚷着要去查个水落石出。

守须用松叶扫净地板，伪造出有人在此逗留过的迹象，再把从爱伦·坡的钓鱼工具里偷出来的钓鱼线系在楼梯上。不出所料，第二天中了这个圈套的正是埃勒里。

（啊，愚不可及的埃勒里……）

埃勒里的确天资聪颖，却又粗心大意、做事马虎。他欢呼雀跃地冲进这个诡异的地下室，简直玷污了“侦探”的称号。他扭伤了脚，但并没有大碍，而这正是自己的目的，自己并没有打算靠这个小把戏要他的命。

出乎意料的反而是阿加莎的口红。守须发现阿加莎用的口红和毒口红的颜色不同——假设到了第二天她还安然无恙，就必须考虑另外一个办法。

爱伦·坡提议检查每个人的房间时，守须如坐针毡。

当然，他已经考虑到了这种情况发生的可能性。塑料板、胶水、匕首等东西都藏在屋外的草丛里，切断手腕时沾了血的衣服也埋进了泥土里，灯油罐在地下室，毒药随身携带——应该不至于搜身吧。房间里只有一套潜水服，万一被发现了就想方设法敷衍过去。

尽管如此，被他们看到自己的房间总不是一件好事。虽然可以借口自己负责准备工作，有义务选择最差的房间，但是最好避免被人看出苗头，因此当时他对爱伦 · 坡提出了异议。

那天晚上——

阿加莎的歇斯底里让所有人都早早回了房间。守须那天晚上并不打算离开角岛，但是一个晚上无所事事实在浪费，如果回到 O 市和江南取得联系就可以确保自己的不在场证明。

那天身体不再有不适感，看到阴沉沉的天空难免有些担心，但是听天气预报说不会有暴风雨，海面也风平浪静，他立刻下定决心。守须用和前两次相同的办法抵达 O 市，回到自己的房间，佯装刚从国东回来，把绘画工具装上摩托车去了江南的住处。

5

晚上下了一阵小雨，但是没有对自己造成什么妨碍，第五天——三月三十日清晨天蒙蒙亮的时候，守须平安地回到了角岛。

他在靠近岩区时关掉引擎，划着桨上了岸，把绳子系在岩石上，准备收起摩托艇。意料之外的事情就在此刻发生了。

守须似乎听见了一声短促的叫声，抬头一看，发现了站在石阶中央愕然失色的勒鲁。

被发现了，要杀人灭口——刹那间这个念头浮上心间。

胆小怕事的勒鲁怎么会在这个时间一个人来到岩区呢？守须顾不上多想。也许是发觉了岩石上的绳子所以来一看究竟，无论如何，被勒鲁发现了的这个事实改变不了，说不定他已经明白了事情的真相。

守须捡起手边的石块，奋力追赶扭头就跑的勒鲁。

守须惊慌失措，勒鲁更是慌不择路，跌跌撞撞地迈不动脚步，眼看就要被追上了。勒鲁冲着十角馆大叫救命，守须已经跑到了勒鲁身后。他猛地把石块砸了过去。石块击中了勒鲁的后脑勺，勒鲁一下子往前倒在地上。守须再次捡起地上的石头，对准勒鲁已经裂开的头，又砸了一下，然后又是一下……

确认勒鲁断气后，守须飞奔回岩区。虽然注意到了地上的脚印，但是焦急的心情让他无暇他顾，唯恐有人听见勒鲁的呼救而冲过来。他满脑子只有一个想法，就是赶快离开现场。

他扫了一眼地面，发现脚印并没有明显的特征，一眼看上去分辨不出是谁的脚印——对方又不是警察，几个脚印证明不了什么。

眼下最焦虑的是有人会来这里，万一被人看见摩托艇就全盘皆输了。

守须离开岩区来到海湾，栈桥距离海面有一段距离，他把摩托艇推了进去——万幸的是谁也没有出来。

回来后，守须收起摩托艇，把它藏在桥畔的船坞里，这样做有一定风险，但是回到岩区的风险更大。

溜进十角馆把“第三被害者”的预告板贴在勒鲁的房门上后，守须钻进了睡袋。

他心绪不宁，迷迷糊糊地睡着后，仍然全身无力，胸口发闷。没过多久，他被闹钟惊醒，出门去喝水，就在那里发现了阿加莎的尸体。那个早上她终于使用了另一支口红。

不想再杀人了，也不想再看见尸体——守须在心里狂呼，无法抑制的呕吐感自体内翻涌而上，精神和肉体上都已经达到了极限。

然而，绝对不能放弃，绝对不能逃跑。

肝肠寸断的内心深处，不断闪烁着恋人的音容笑貌。

埃勒里和爱伦·坡——守须和仅存的两人围坐在十角桌旁边，终于到了最后关头。

场上的形势朝不利于爱伦·坡的方向发展，但后来埃勒里又否定了爱伦·坡作案的可能性。当时如果就此发展下去，也许会得出爱伦·坡就是凶手的定论。

当埃勒里在杀害勒鲁的现场表现出对脚印的兴趣时，守须恐慌得心脏几乎要停止跳动。冷静下来，没关系，冷静，冷静……他一边拼命压制住涌上胸口的呕吐感，一边告诫自己。埃勒里随后转身离开了现场，守须不由得松了一口气。

然而——

埃勒里突然又说到了脚印。

自己犯了什么错误吗？莫非是致命的错误？

跟随埃勒里来到蓝屋废墟，当他要大家记住脚印的状态时，守须才恍然大悟。他对自己的愚蠢难以置信，心想一切都完了。

守须很清楚，随着人一个个死去，嫌疑人的范围逐渐缩小，自己的行动也会受到很大限制。考虑到有必要顺应状况果断出击，守须准备了几套备用方案。最糟的情况可能是以寡敌众，因此上衣口袋里随时备有匕首。

埃勒里讨论脚印问题的时候，守须多次有冲动持刀刺杀二人，但是如果擅自行动被当场抓住就前功尽弃了，说不定接下来还有出现转机的可能。

埃勒里滔滔不绝阐释自己的真知灼见，守须宛如惊弓之鸟缩在椅子里暗自揣摩最恰当的应付办法。然而——

埃勒里得出了一个错误的结论，他认为凶手不是三人之中的任何一个，而是乘船来到岛上的外人。

这个所谓的外人就是中村青司，埃勒里断定青司没有死。守须没有料到“青司之影”会这样来到岛上，拯救自己于危难关头。

守须恢复了镇定。

埃勒里的香烟抽完了，爱伦·坡随即递上烟盒。天赐良机。

守须神不知鬼不觉地从上衣口袋里掏出一样东西。这是一个小盒子，里面有一支注入了氰化钾的云雀烟，这是事先准备好的，打算一有机会就用来对付爱伦·坡。

守须谎称自己也想抽烟，从埃勒里手里接过烟盒后，在桌子底下调了包。他从烟盒里取出两支烟，一根衔在嘴里，一支藏进了口袋。就这样把毒香烟塞进了烟盒。

爱伦·坡是个老烟枪，烟盒一旦回到他的手里，肯定会随手就抽出一根。如果爱伦·坡没有抽到毒香烟，可能会再次传给埃勒里。无论谁死都没问题，最后剩下的一个人就好解决了。

6

大厅里只剩下两个人。

爱伦·坡一死，埃勒里更加一口咬定青司就是凶手，完全没有怀疑过守须。

如此一来就没必要急着动手。守须决定慎重行事，最完美的方式是让最后一个人死于“自杀”。

(……愚不可及的埃勒里。)

他全程协助自己，直到最后。

他自诩为名侦探，其实是个无可救药的小丑。讽刺的是，自己的预告居然成为现实，最后剩下的两个人就是“侦探”和“凶手”。

虽然如此，仍然要对埃勒里的敏锐思维表示敬意，他从那个十一角形的杯子得出十角馆有第十一个房间的结论。自己也曾经对那个杯子心存疑惑，却从来未曾想到居然是一个机关，虽然已经听江南提到过中村青司身为建筑师，对机关有着特殊兴趣……

这个推理对自己的立场并不造成威胁，反而成为一个很好的证据，让埃勒里坚信青司就是凶手。

两人来到地下室，埃勒里开始着手搜寻通向室外的暗道，而出现在他们眼前的是那具让人魂飞魄散的尸体。

刹那间，守须恍然大悟，这就是吉川诚一的尸体。

吉川半年前已经被杀了，他被疯狂的青司袭击后拼着最后一口气逃到这里，力竭而死；又或者是青司带他来到这里后将其杀害。

埃勒里面对尸体不知所措，守须把自己的想法对他一说，他捂着鼻子频频点头。

“有道理，也就是说青司找了另外一具尸体做自己的替身。我们往前走，范，看看这条路到底通向哪里。”

他们绕开尸体走进暗道深处。既然如此，就奉陪到底。

守须认为埃勒里真正怀疑的人是自己。

例如，地上的灰尘很清楚地表明长时间没有人来过这里。因此，他是否假装对自己没有疑心，其实在暗中找机会对自己下手呢？

守须的右手紧握住口袋里的匕首，在黑暗中亦步亦趋。

这条暗道的尽头是一扇门，耳边响起了涛声。

埃勒里打开门，涛声更加澎湃……

这里正是面对海湾的断崖中腹，门外是一个类似露台、向外突出的小平台，下面就是黑洞洞的万丈深渊。

埃勒里谨慎地看准立足点，往外踏出一步，用手电筒照亮四周，然后若有所悟地回过头来。

“从悬崖上往下看，或者从海面往上看，都很难发现这里。外来者勉强可以沿着石块爬到石阶那边。青司果然是从这里过来的。”

“青司今天晚上肯定会来。”回到大厅后埃勒里对守须说，“我们发现了他的暗道，不管他从那条暗道进来还是从大门进来，我们有两个人不用怕他，干得好的话，反过来当场抓住他。”

守须煞有介事地随声附和，泡了两杯咖啡。前几天向爱伦·坡要的安眠药现在正好派上用场——他趁埃勒里不备在咖啡杯里溶进了几颗药。

他若无其事地把杯子端给埃勒里，埃勒里想都没想就一饮而尽。

“……我想睡觉了。唔，神经有点绷不住了。范，你不要紧吗？让我打个盹。没关系，有事就叫我。”

这是名侦探退场前的台词。

没过多久，埃勒里趴在桌上呼呼睡去。守须确认他睡熟后，把他抬进室内，放在床上。

埃勒里的死亡方式将是“引火自焚”。尸体里迟早会检查出安眠药。去年被发现的青司尸体与此相似，随着吉川诚一尸体的重见天日，青司可能会被判定为自杀。这种形势对警方判断此次事件势必造成影响。

雨早就停了，没有再下的迹象。

守须来到海湾，准备好摩托艇，从蓝屋废墟的地下室里搬来灯油。接着，他从土里挖出奥希兹的左手，摘下戒指后，把手和她的尸体放在一起。

剩下的塑料板、沾了血的衣服、毒药、匕首等所有不宜留下的东西全部被搬到埃勒里房间。守须打开窗户，在整个房间浇满灯油。其他房间也适量倒了灯油后，他把油罐拿到大厅里，自己则从外面绕到窗口，把剩下的灯油全倒在埃勒里身上，顺便把空塑料桶丢了进去。

埃勒里眼看要醒来了，然而此时打火机已经被扔在了浸满了灯油的床上。

在熊熊大火燃烧起来的一瞬间，守须关上了窗户。

他不由得往后退，紧闭双眼。

眼眸中，是冲天的烈焰浓烟。

第二天早上，守须依然在沉睡着——

伯父打电话来通知他角岛发生了案件，他和江南联系后迅速赶往S区。

他先来到伯父家借车，声称去J岬角打探情况。事实上他确实去了J岬角，而真正的目的是把藏匿于此的摩托艇和油桶装进汽车后备厢。当时，所有人的注意力都集中在角岛，谁也没有留心J岬角。

把车还给伯父后，他顺便把摩托艇放回车库。处理完善后工作，守须才出发前往和江南约好碰头的港口。

7

K＊＊大学推理小说研究会的聚会结束后，守须恭一独自一人踏上归途。

埃勒里——松浦纯也出于不为人知的动机，抑或是在精神失常的状态下，杀害五名同伴后引火自焚。这是警方得出的结论。今天的聚会并没有找出具体动机，然而有关埃勒里的一些逸事，似乎引起了岛田警部的极大兴趣。

一帆风顺。

为了证明自己在本土而准备的三幅画，其中两幅现在用不上的已经被守须扔掉了。万事大吉，再也不用有任何担心。

一切都结束了——守须心想。

尘埃落定……复仇结束了，终于结束了。

尾　声

黄昏的海边，闲寂时分。

夕阳照射下的海浪远远涌来，又消退下去……

他向往常一样坐在堤岸上，独自凝望暮色下的大海。

（……千织。）

他在心里呼唤这个名字。

（千织、千织……）

闭上眼睛后，那天晚上的冲天火焰仍然就在眼前，撕裂黑夜飞舞而上的哀悼之火包围了捕捉到猎物的十角形圈套。

她的幻影浮现在火光中。他再度呼唤千织，她却垂下眼帘，默然不语。

（怎么了，千织？）

火焰越来越猛，随风四处乱窜，肆无忌惮地吞噬着一切。恋人的身影被吞没在火光中，逐渐模糊，最终消失不见。

他缓缓地站起来。

他眯起眼睛，站在原地眺望在水边戏水的几个孩子。

“千织……”

他脱口叫出千织的名字，然而无论闭上眼睛还是仰望天空，再也看不见她的倩影。堆积在胸口的一切都轰然倒下，他怅然若失。

载着落日余晖，海即将融入夜色中。不知是否是心理作用，波浪似乎在窃窃私语——

猛然间，有人拍了一下自己的肩膀，他愕然地回过头。

“啊，好久不见。”身后有一个笑容可掬的瘦高个男人，“我听你的公寓管理人说你经常来这个海岸。”

“是吗？”

“怎么无精打采的？我一直在后面看你，感觉你心事重重。”

“没什么。您找我有什么事吗？”

“没什么事。”男子在他身边坐下，拿出一支烟叼在嘴上，还小声咕哝了一句“这是今天的第一支烟”。

“那起事件已经过了很久，警方也宣告破案了。你怎么看呢？”

“什么怎么看？不是埃勒里吗？”

“不不，你没有考虑过有其他真相吗？”

（这个人到底想说什么？）

他沉默不语，眺望着大海。

男子点燃了“今天的第一支烟”，抬头看着他。

“我曾经说过怀疑阿红是凶手，但是，在那之后，我闲来无聊发挥想象力反复思量，想到了一件很有意思的事，一定要和你分享。”

（这个人不会看透了真相吧？）

他无言以对，挪开视线。

（这个人……难道？）

“哎哎，别这么冷漠，听我说吧。这个想法太离谱，你可能会嗤之以鼻，也可能会臭骂我一顿。没关系，就当是我的胡思乱想。”

“不要再说了。”他冷若冰霜地说，“事情已经结束了，岛田先生。”

他一转身，不理睬在身后呼唤自己的岛田，走到孩子们玩耍的海边。

（……瞎扯！）

他猛地甩甩头，强作镇定。

不可能。不可能被人发现。就算这个男人旺盛的想象力偶然与真相一致，那又怎么样？他根本没有证据，如今，他不可能再改变这起事件的结局。

“对吗，千织？”他寻问恋人，千织却什么也没有说，连影子也看不见。

（为什么……）

不安如海啸般涌起。濡湿的沙缠住了他的脚。脚边——

有样东西闪闪发亮。

（这是……）

他蹲下身，瞬间瞠目结舌，痉挛的唇间挤出一声惊呼。

这是那个浅绿色的玻璃瓶——一半埋在沙中的瓶子里有几张小纸片。

（啊……）

他苦笑着拾起玻璃瓶，回头看了一眼坐在堤岸上注视自己的男子。

（这就是审判啊。）

孩子们纷纷踏上回家的路，他紧握玻璃瓶，缓步走到孩子们身边。

“小弟弟，”他叫住其中一个男孩，“帮个忙。”

男孩莫名其妙地抬头看他。他露出沉静的微笑，把瓶子塞在男孩手中。

“帮我把这个交给那位叔叔，好吗？”

图书在版编目（CIP）数据

十角馆事件 /（日）绫辻行人著；龚群译．-- 3 版．北京：新星出版社，2024. 7（2025. 4 重印）
ISBN 978-7-5133-5652-7

Ⅰ．I313.45

中国国家版本馆 CIP 数据核字第 2024ZH8691 号

十角馆事件

[日] 绫辻行人 著；龚群 译

责任编辑 王 萌
责任印制 李珊珊
装帧设计 张 二

出 版 人 马汝军
出版发行 新星出版社
（北京市西城区车公庄大街丙 3 号楼 8001 100044）
网 址 www.newstarpress.com
法律顾问 北京市岳成律师事务所
印 刷 北京天恒嘉业印刷有限公司
开 本 910mm × 1230mm 1/32
印 张 9.875
字 数 110 千字
版 次 2024 年 7 月第 3 版 2025 年 4 月第 3 次印刷
书 号 ISBN 978-7-5133-5652-7
定 价 49.00 元

总机：010-88310888 传真：010-65270449 销售中心：010-88310811